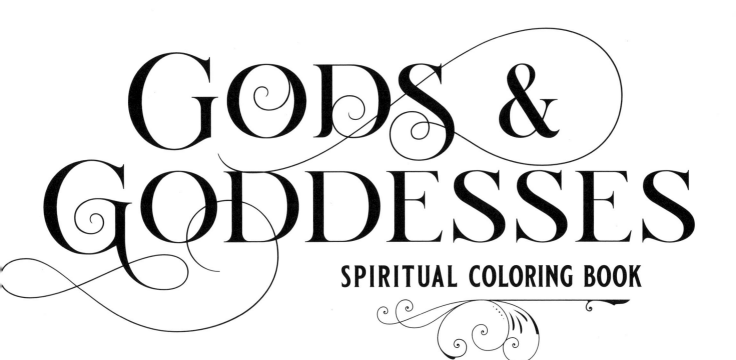

GODS & GODDESSES

SPIRITUAL COLORING BOOK

Art by
KRISHNA TRIVEDI

Wonder House

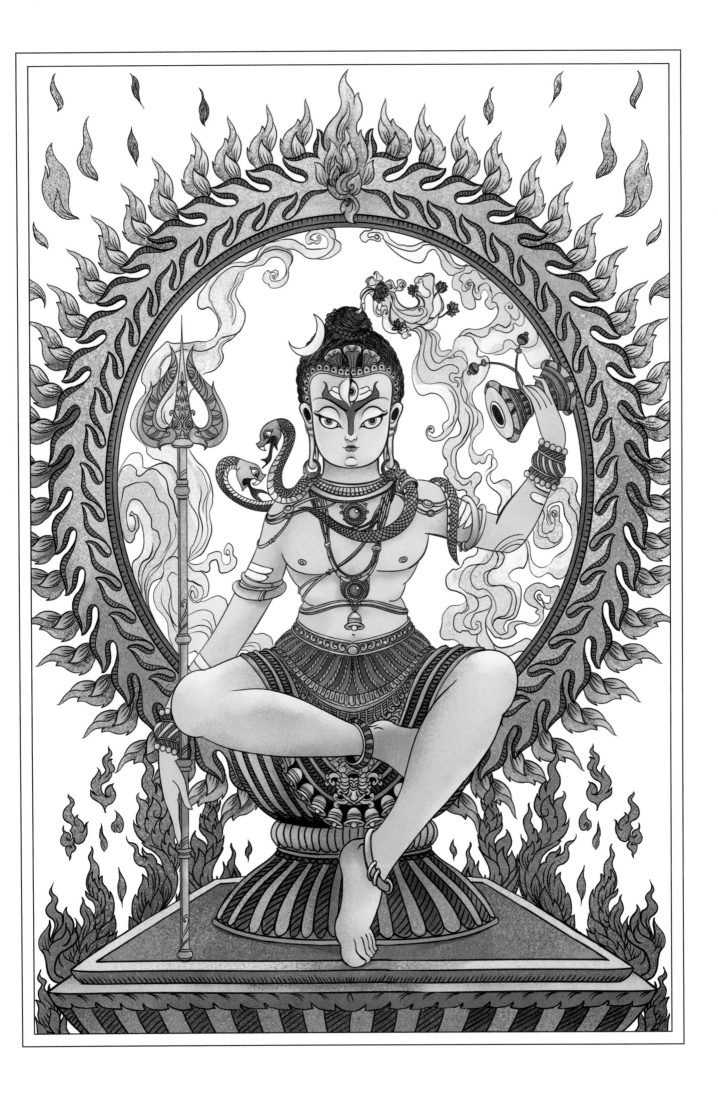

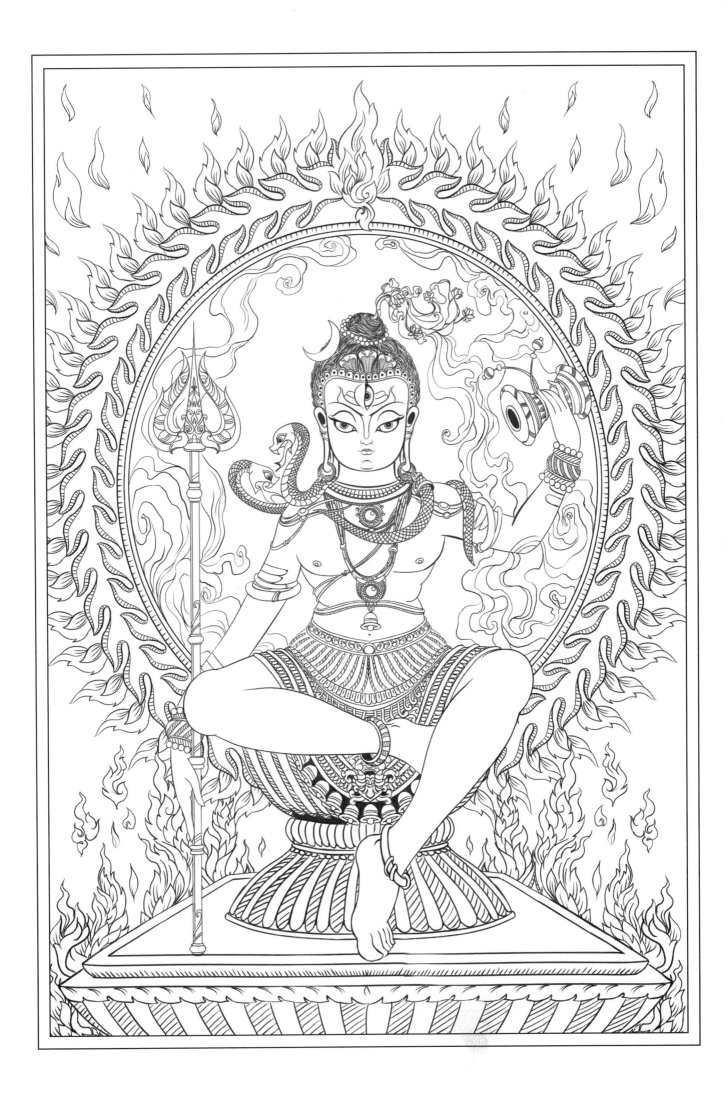

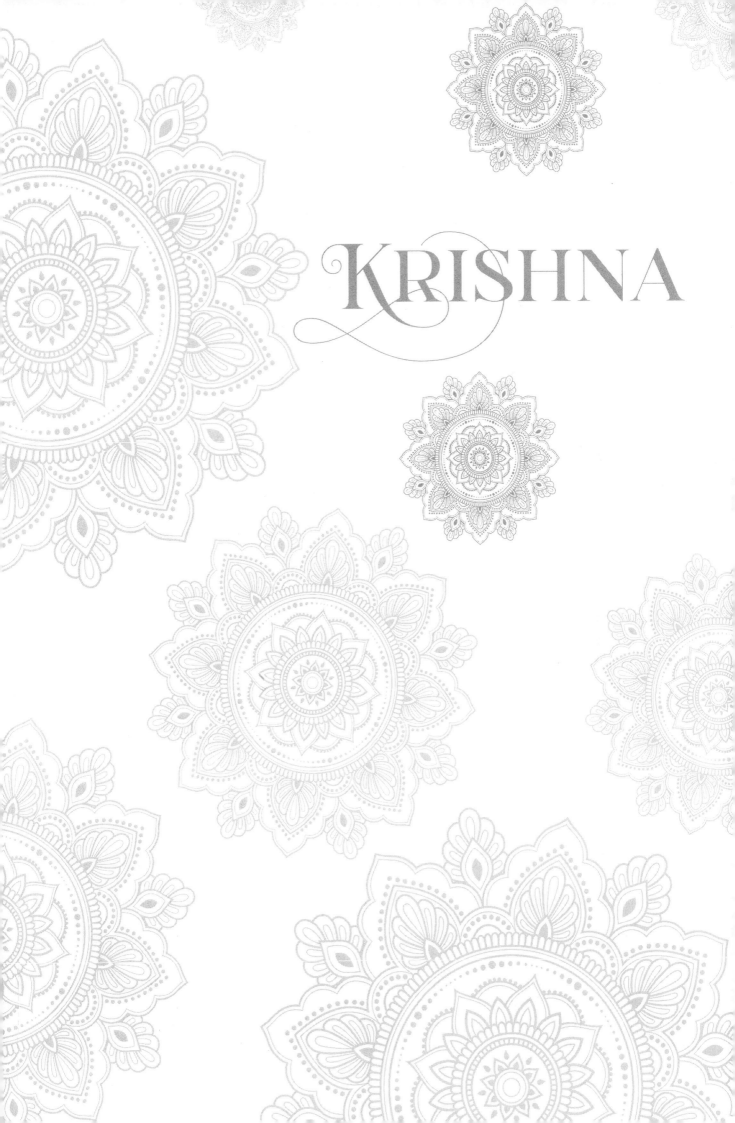

KRISHNA

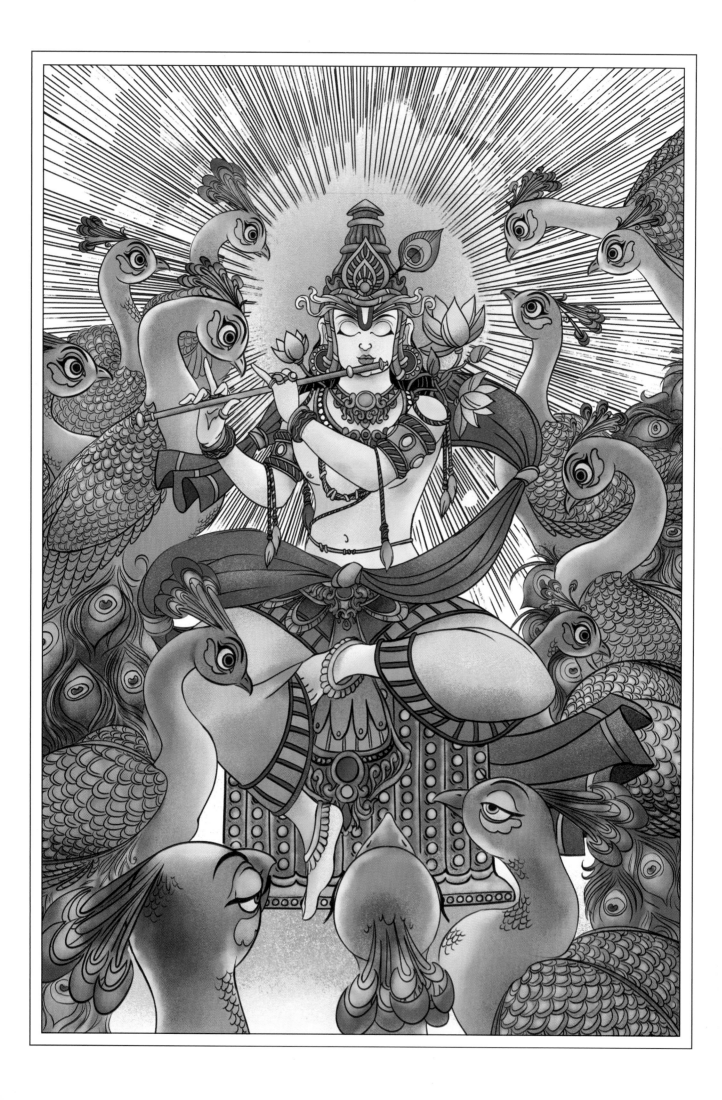

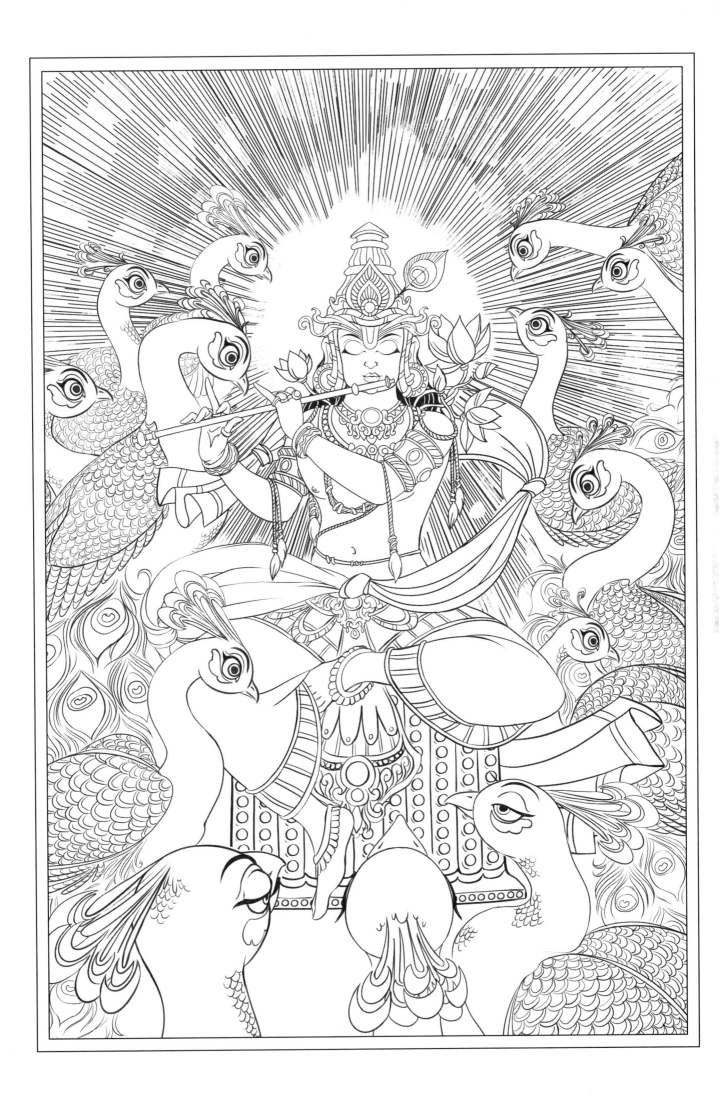

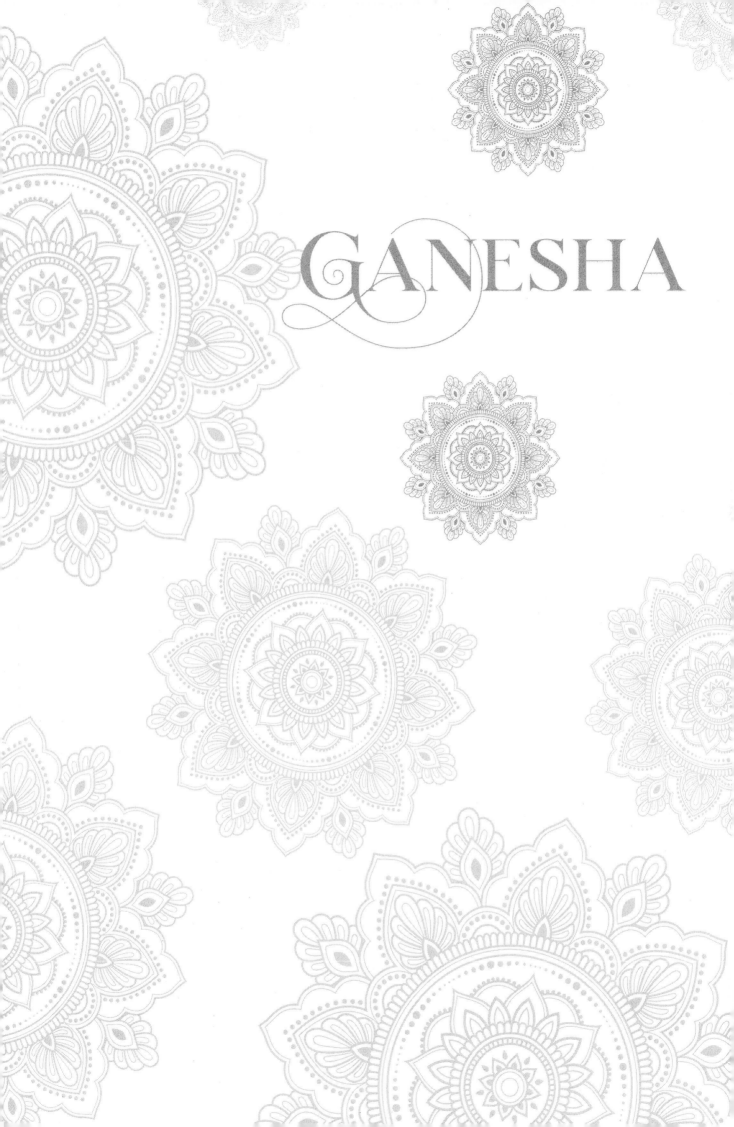

GANESHA

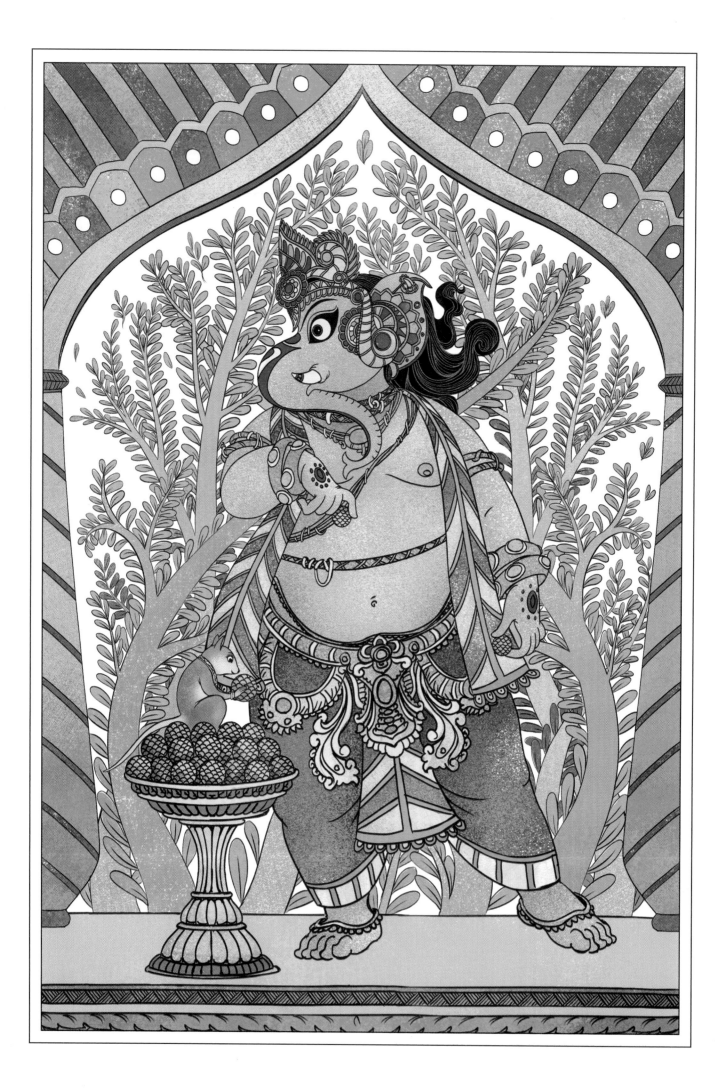

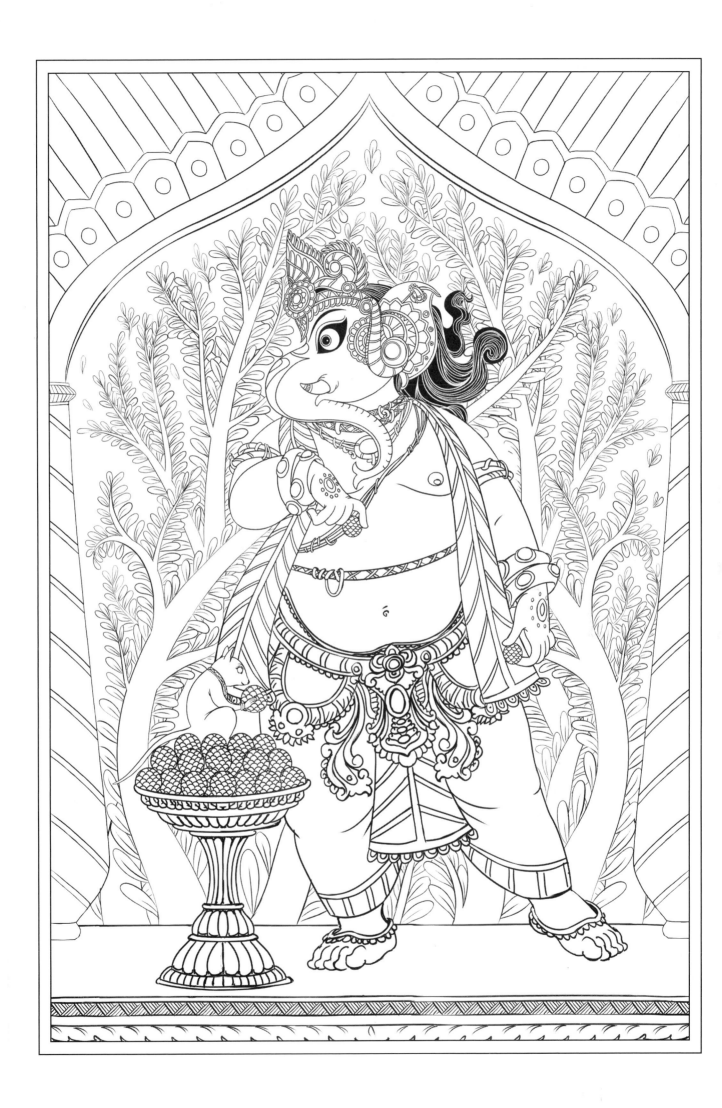

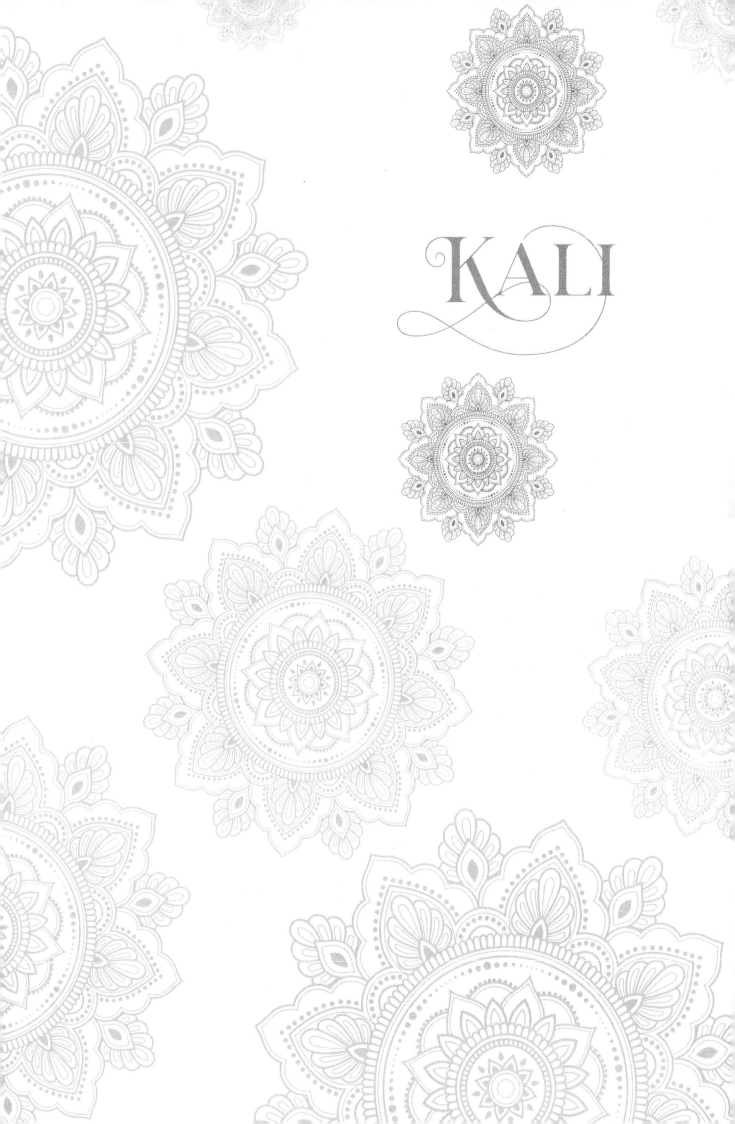

KALI

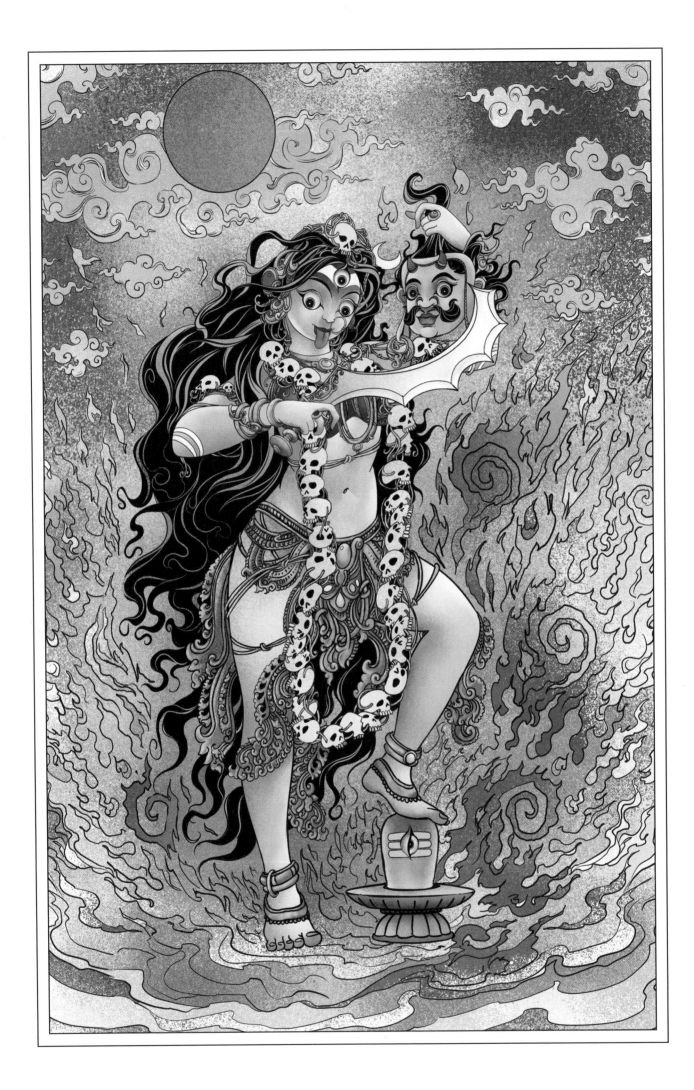

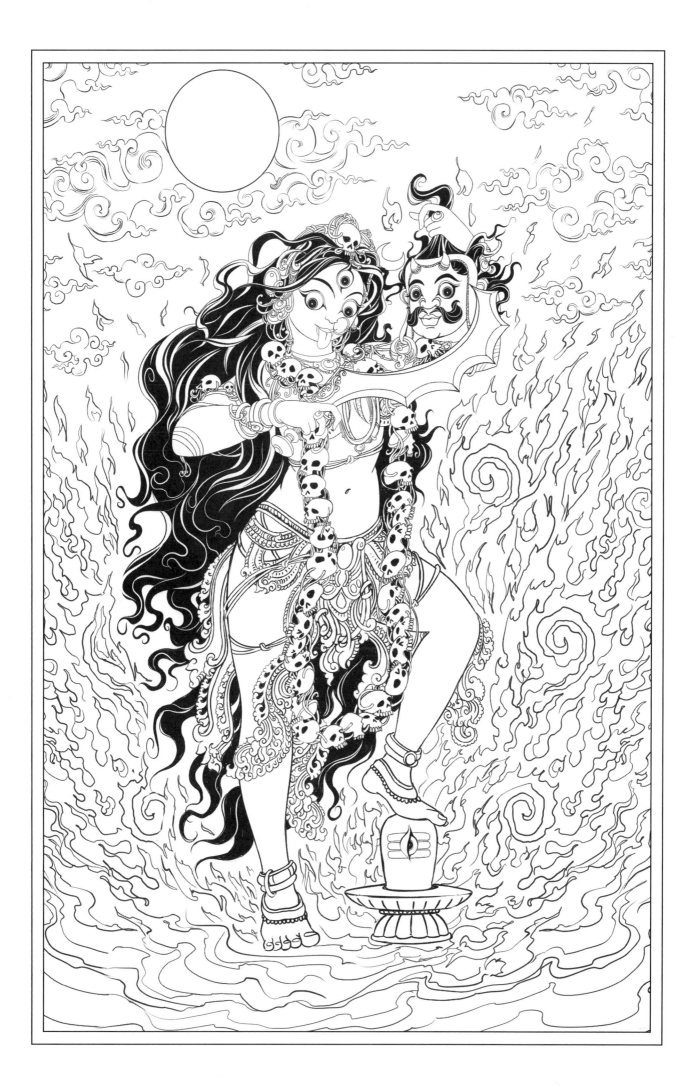

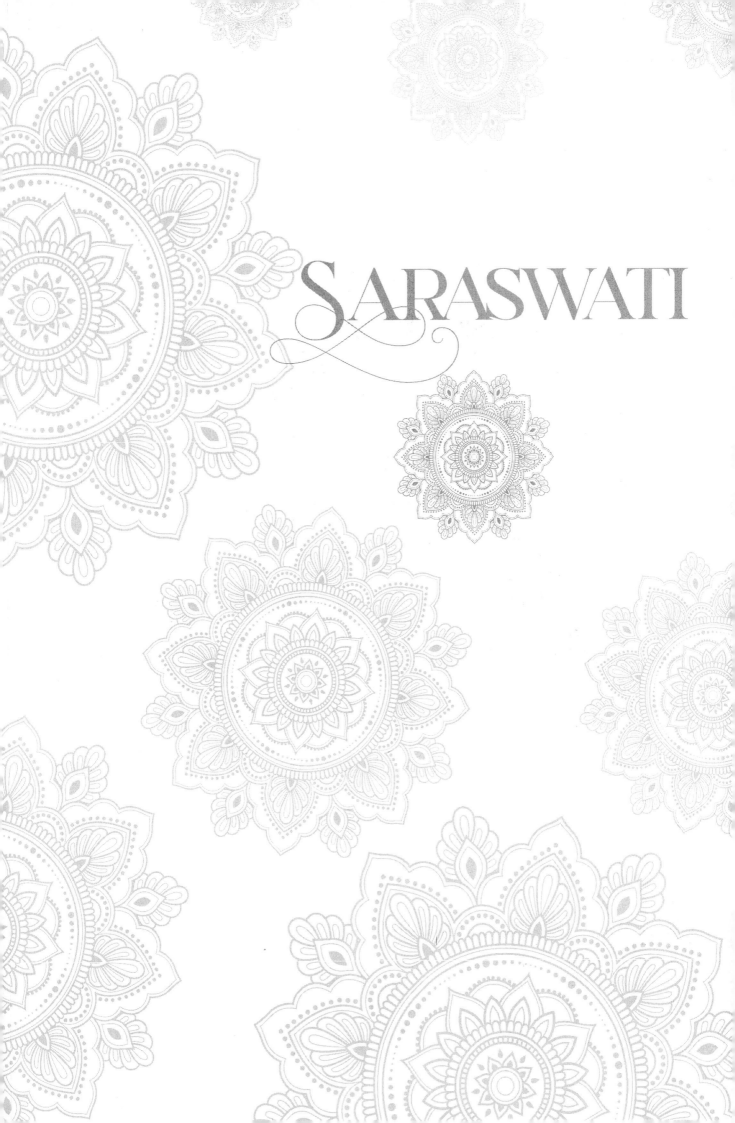

SARASWATI

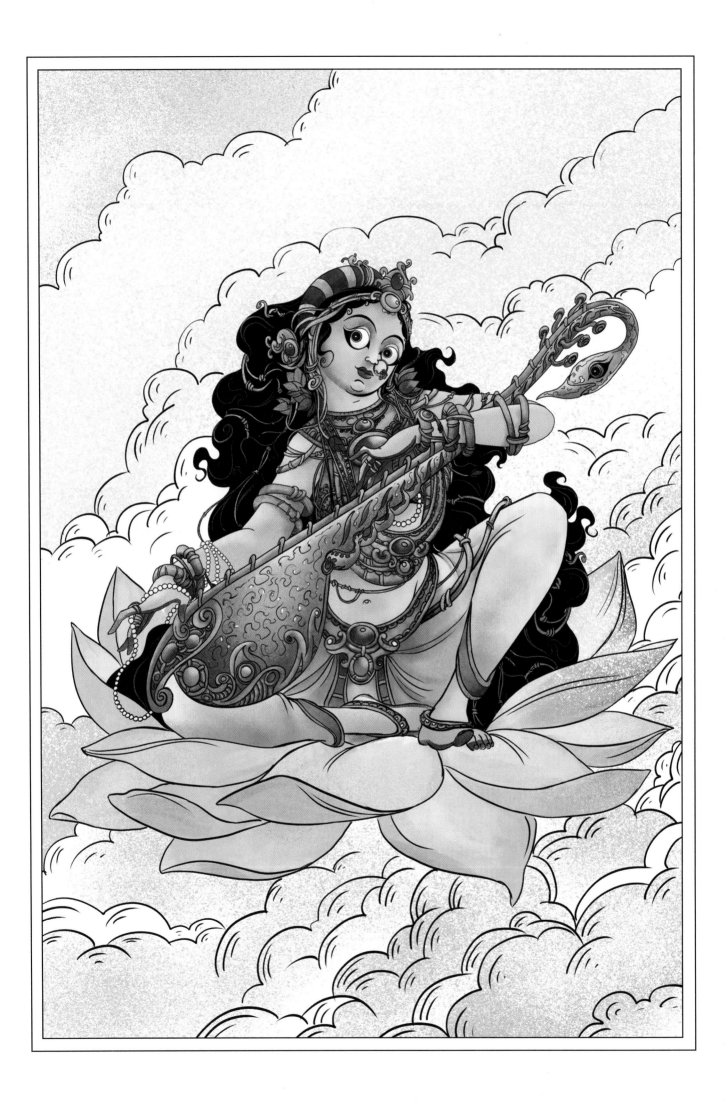

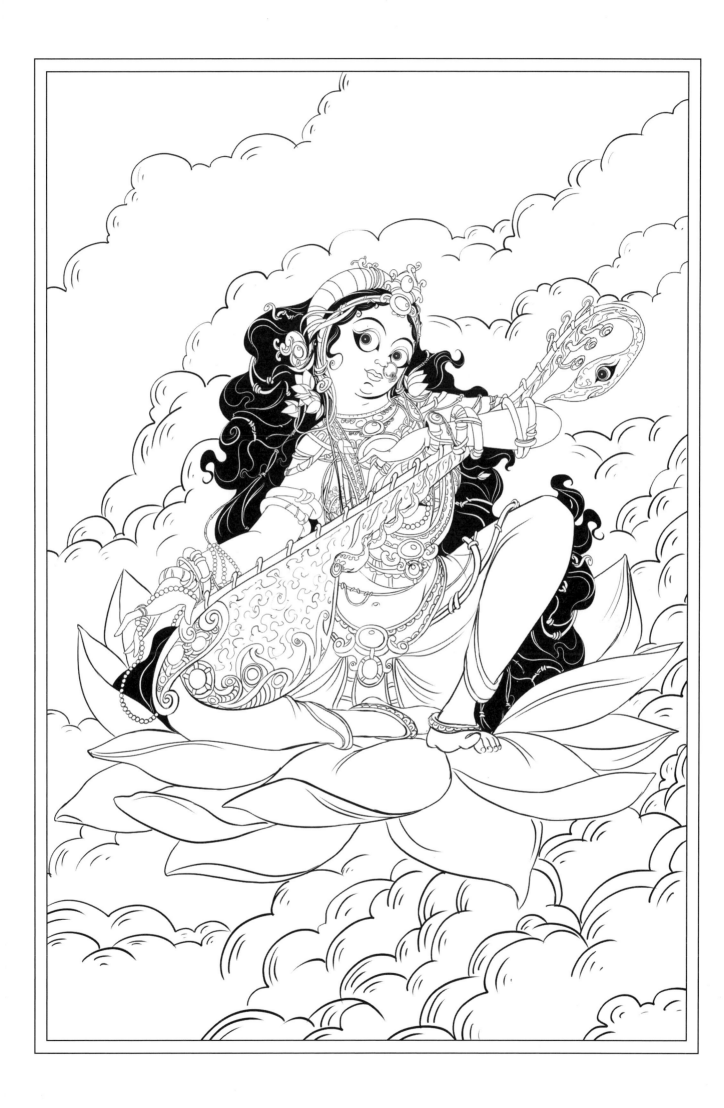

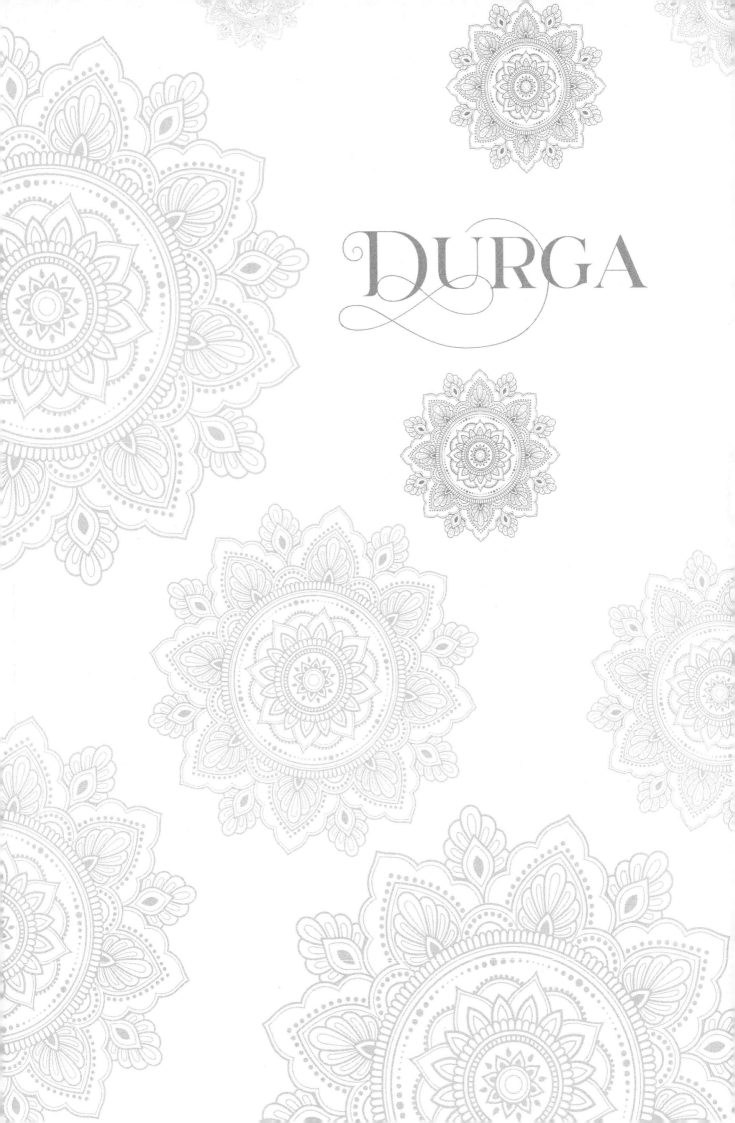

DURGA

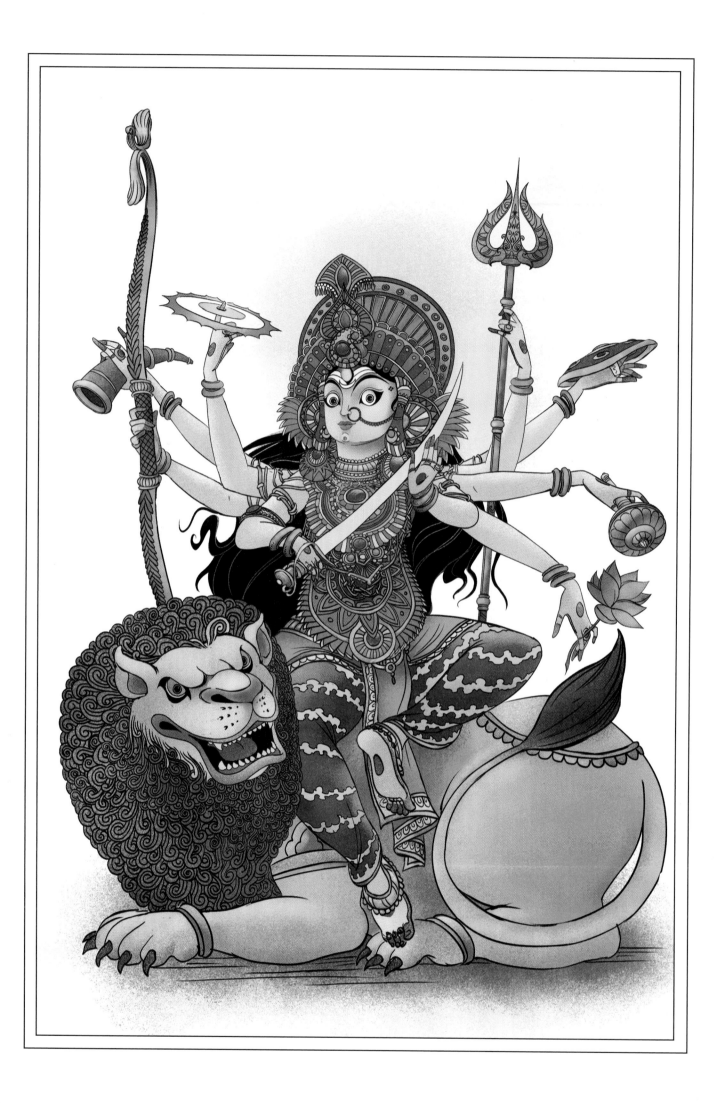

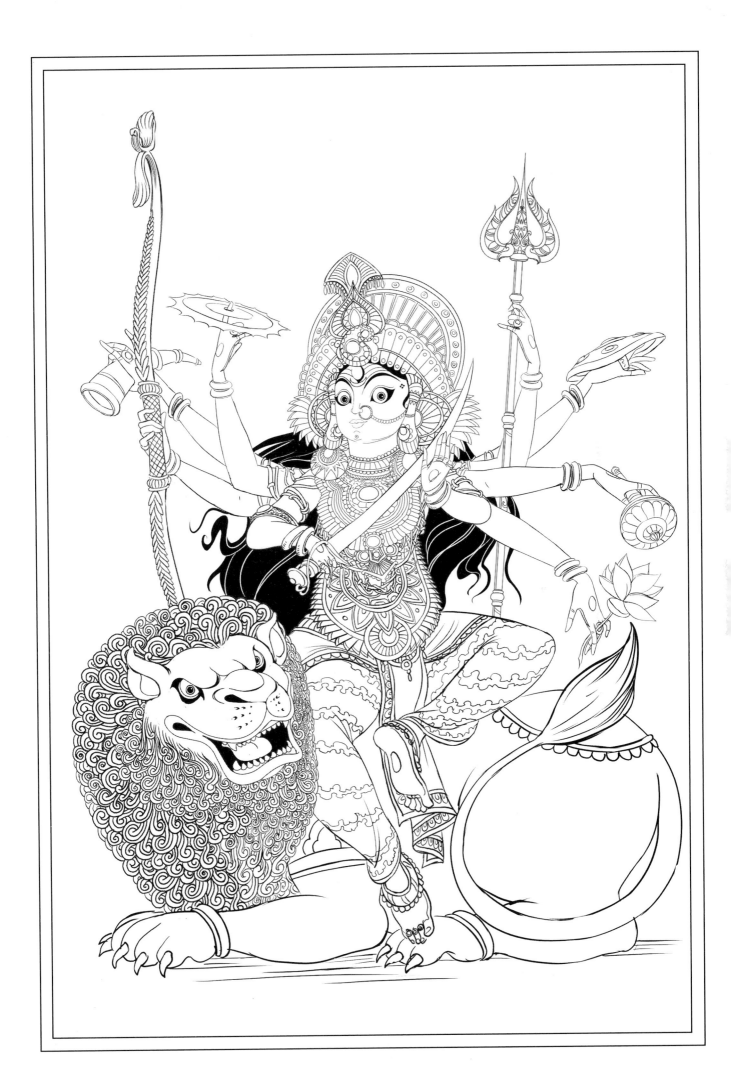

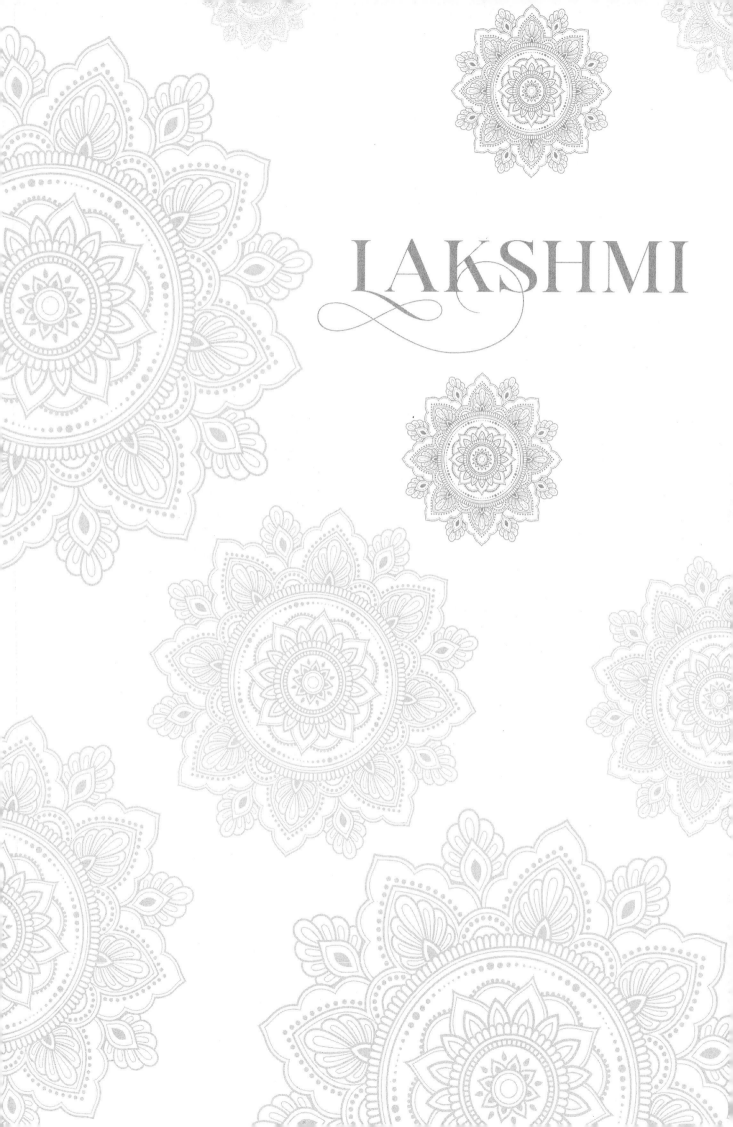

LAKSHMI

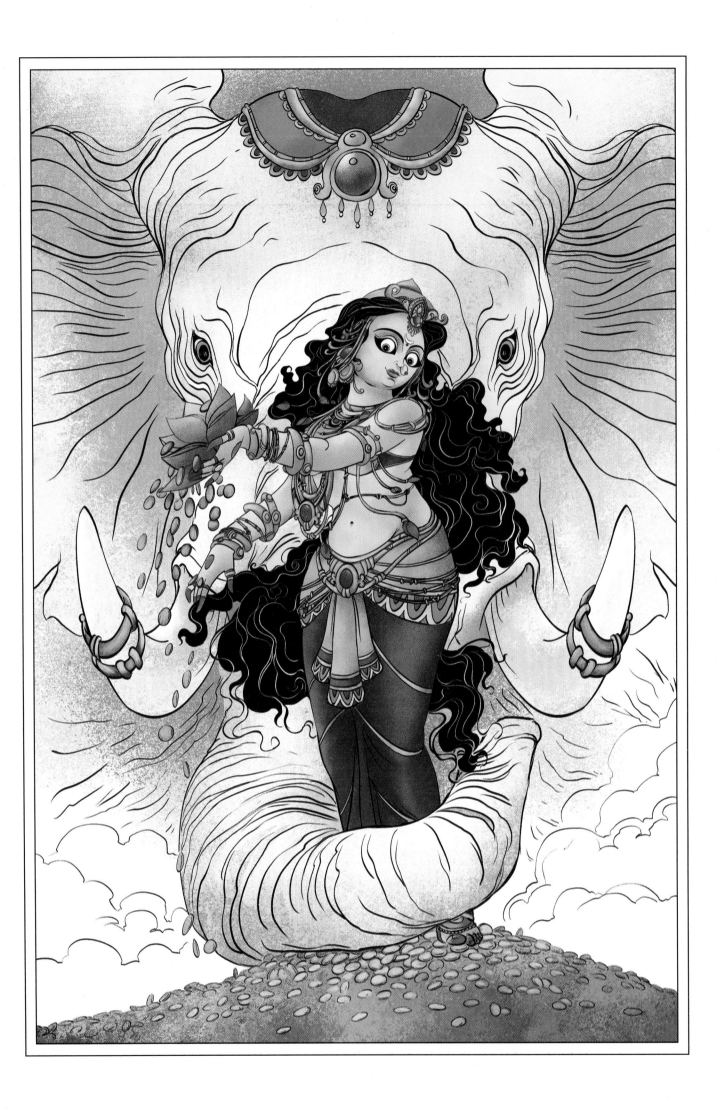

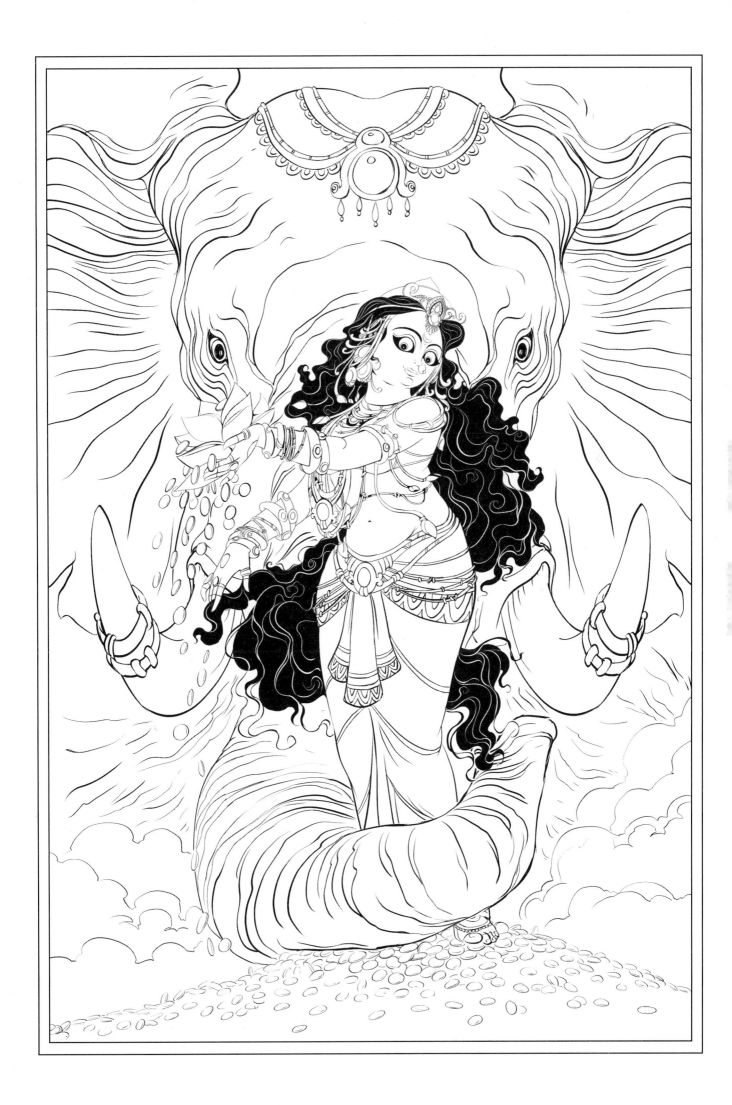

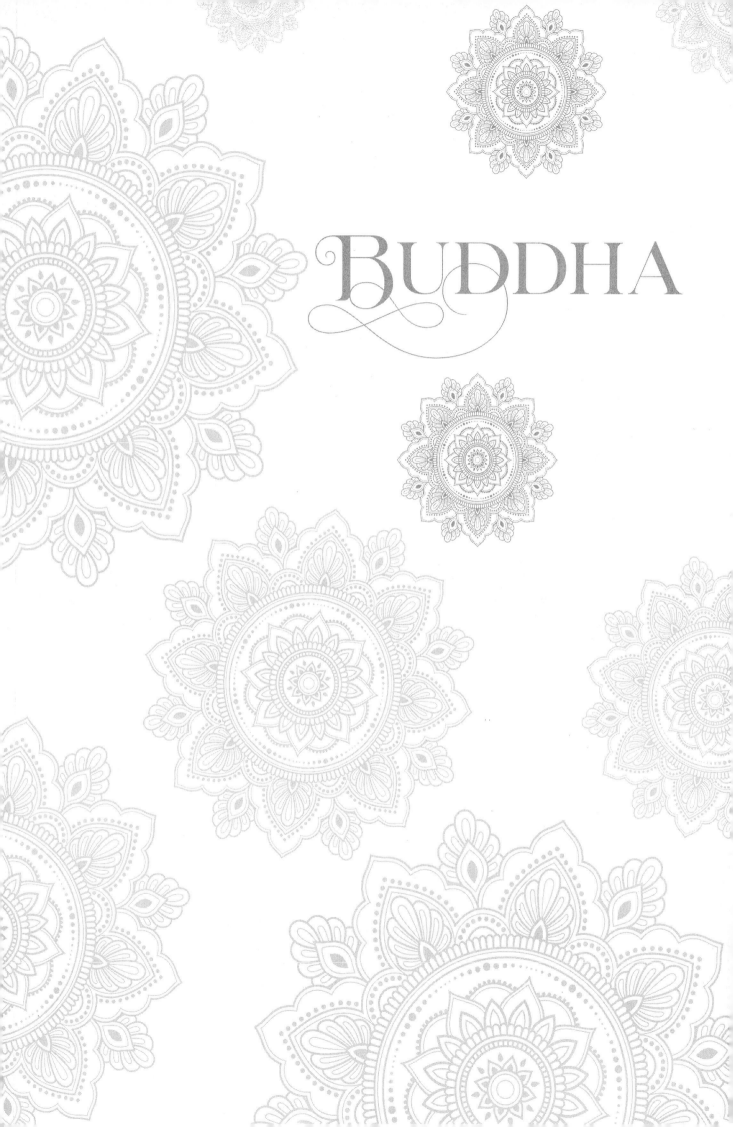

BUDDHA

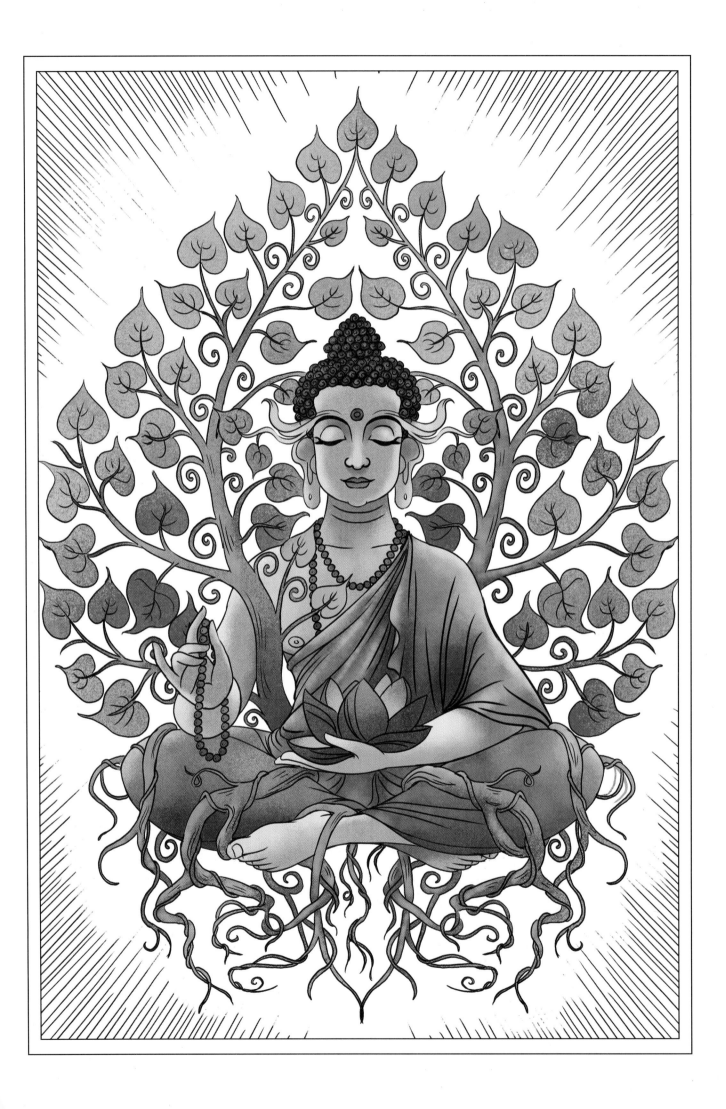

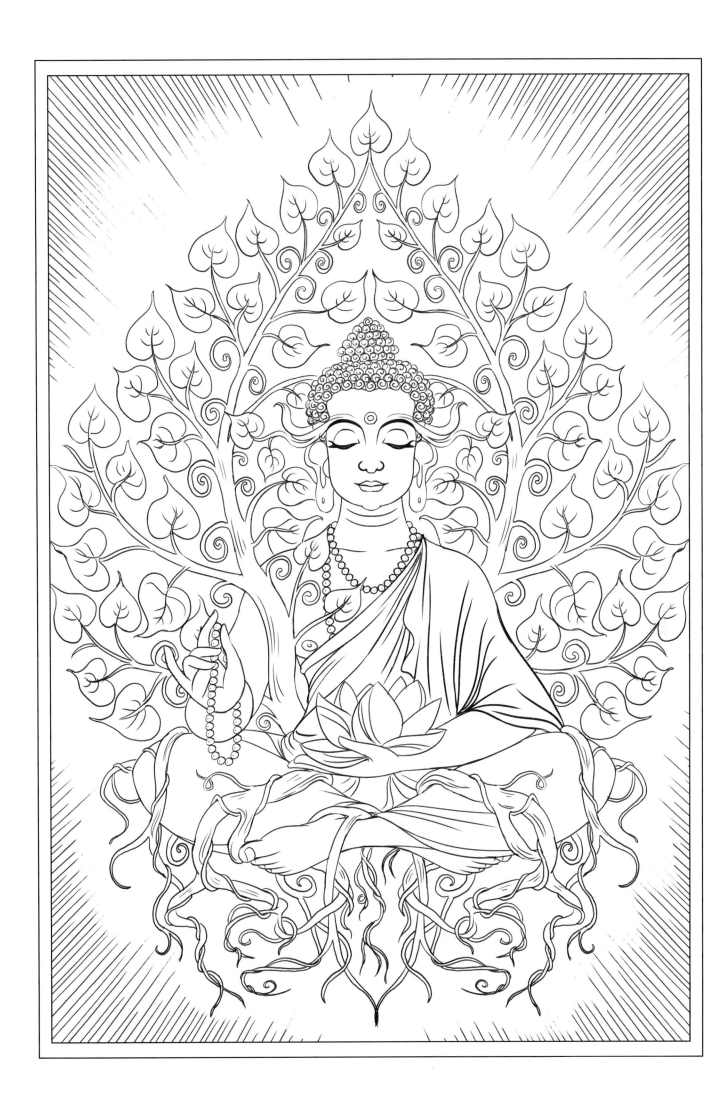

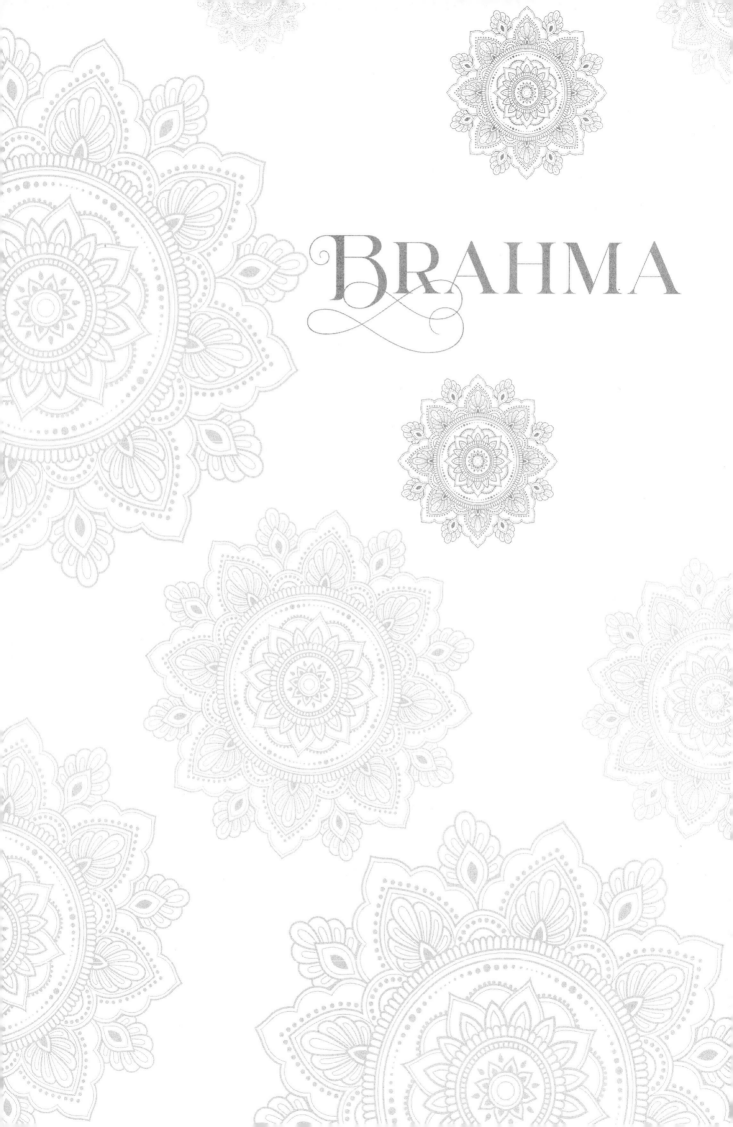

BRAHMA

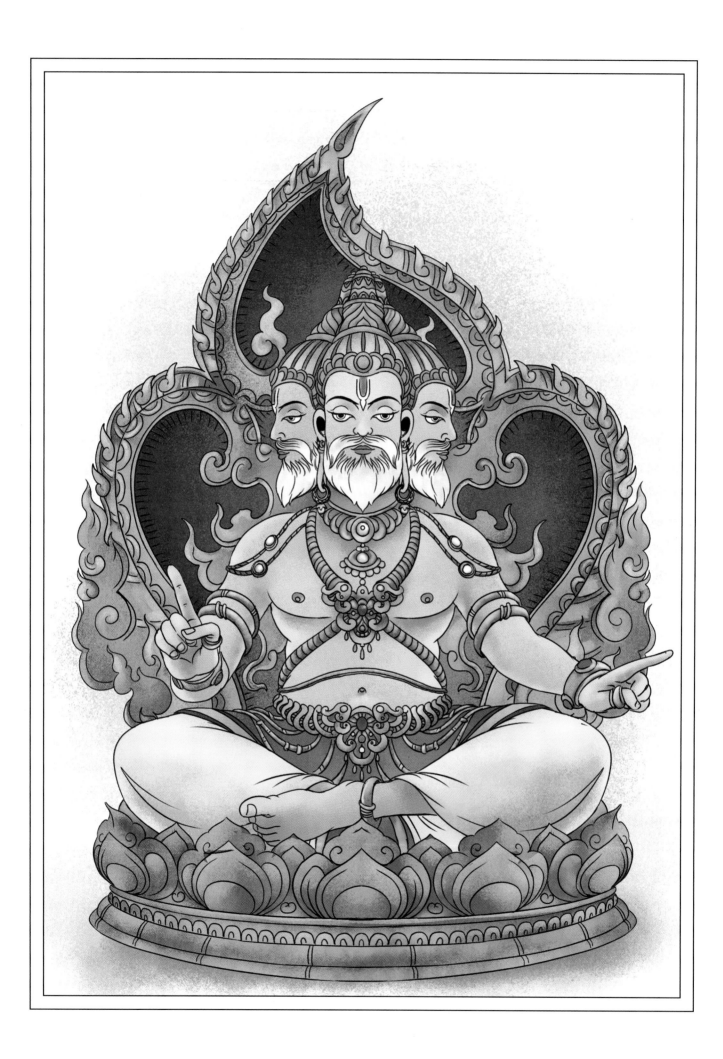

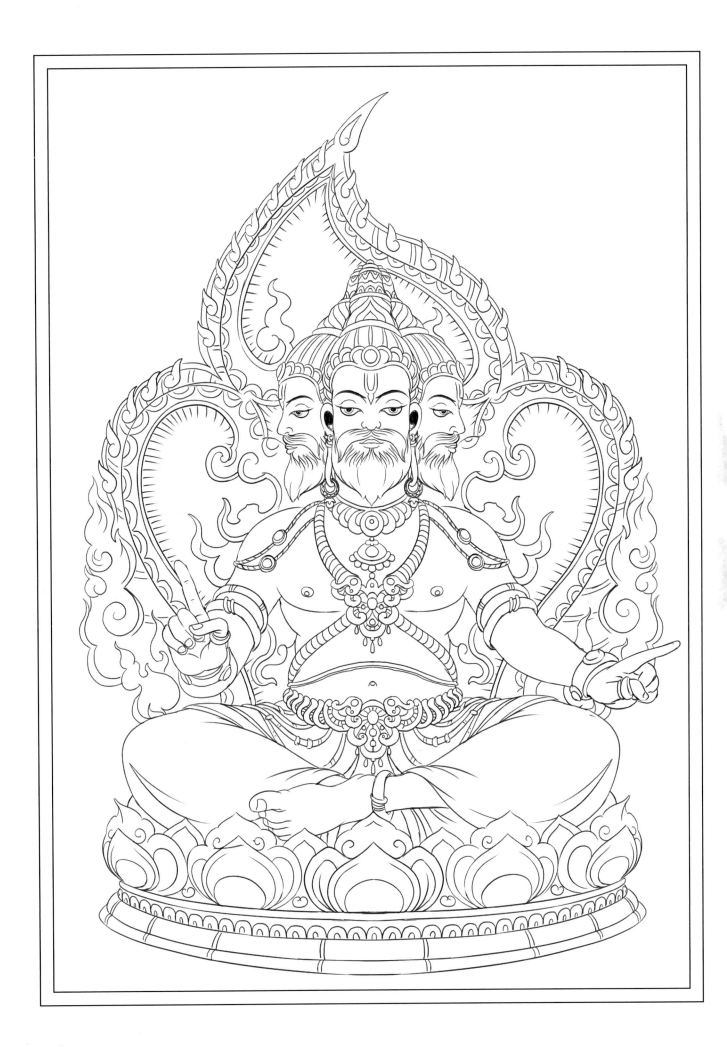

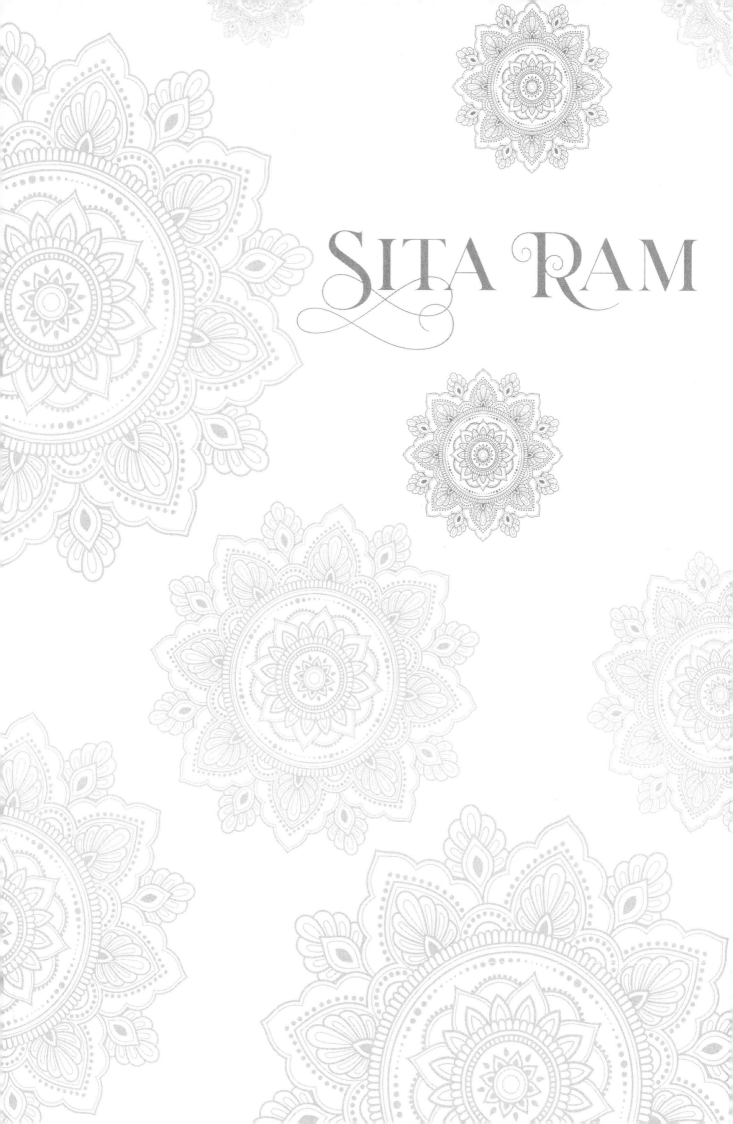

SITA RAM

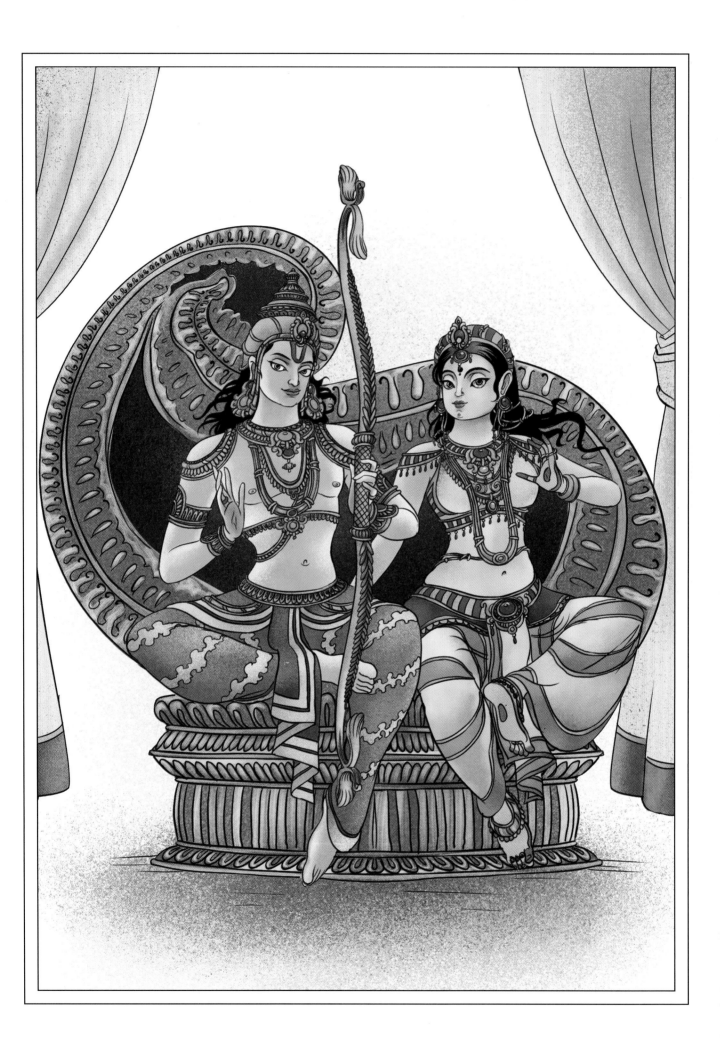

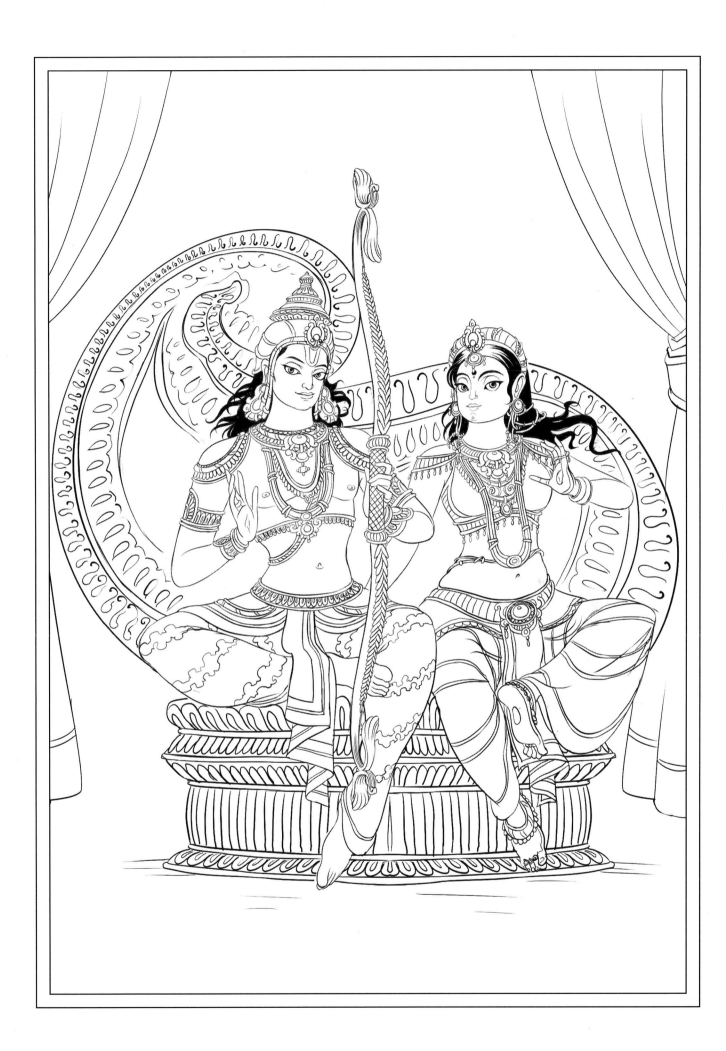

NARASIMHA

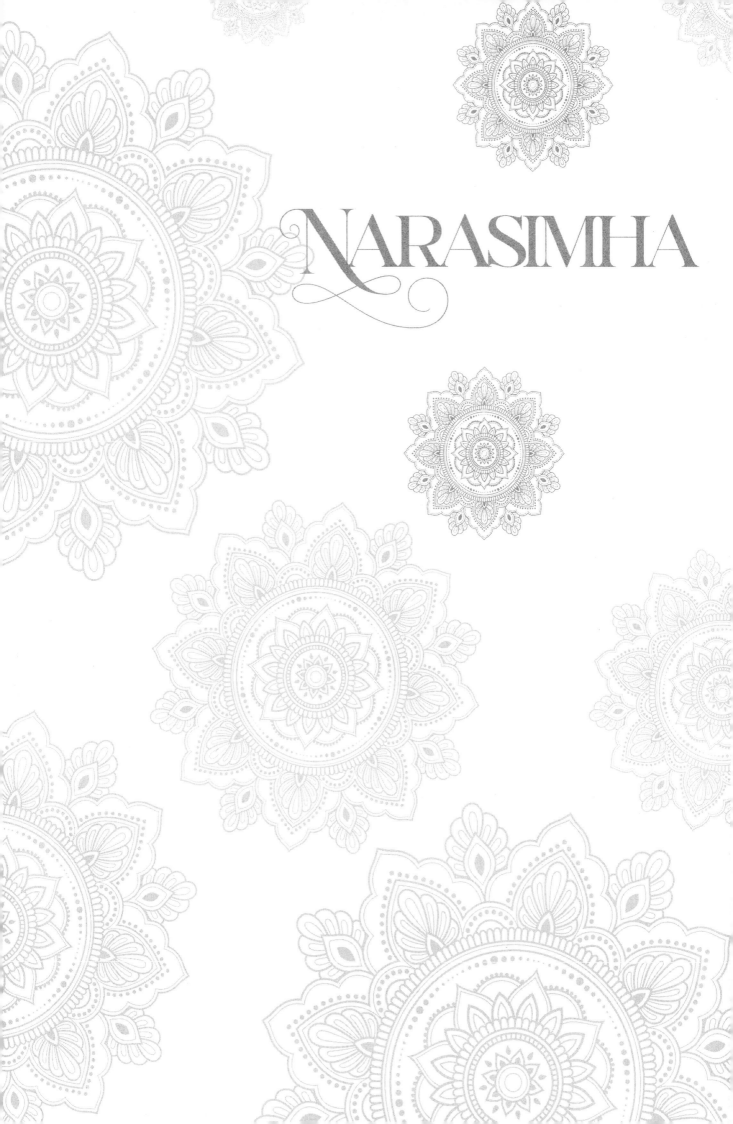

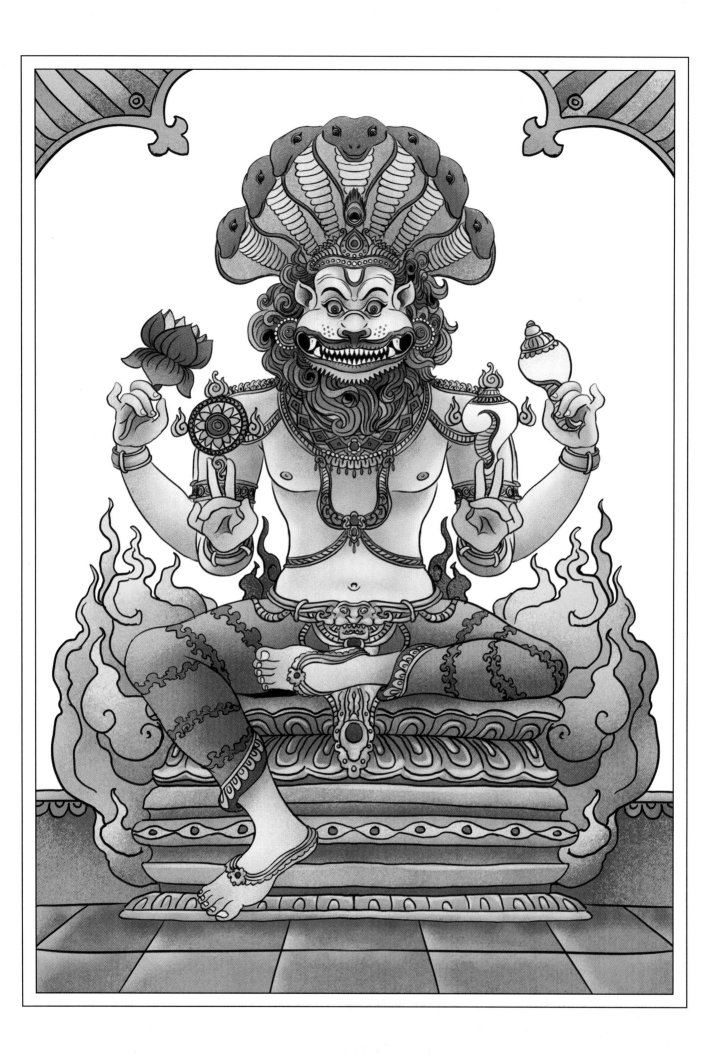

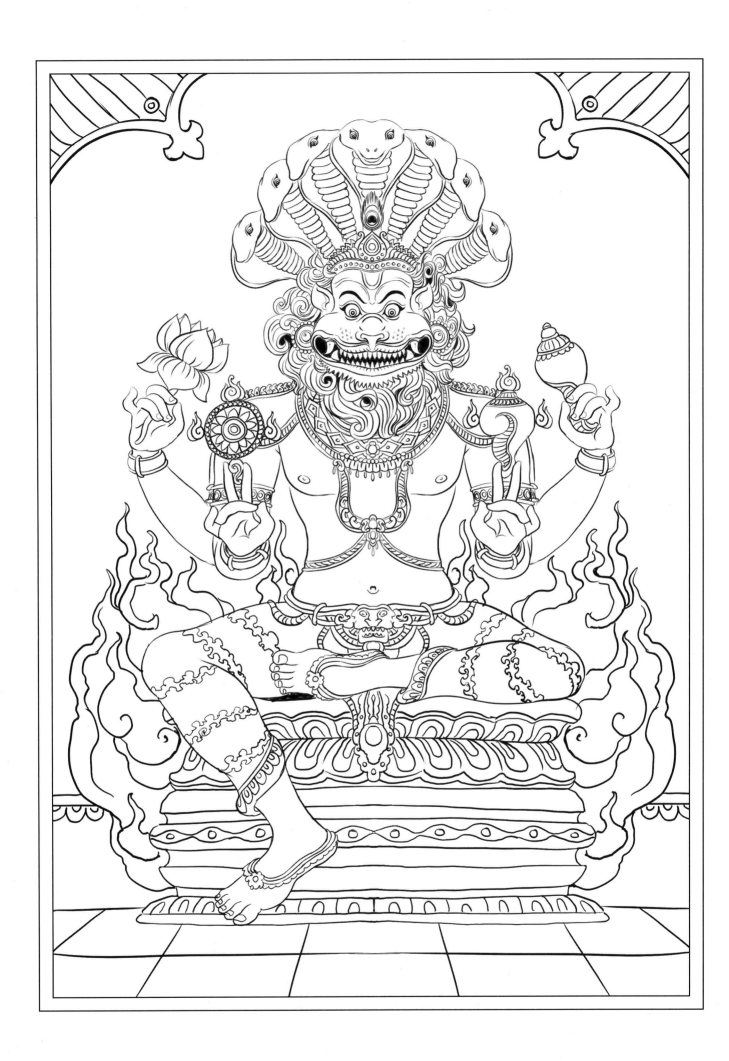

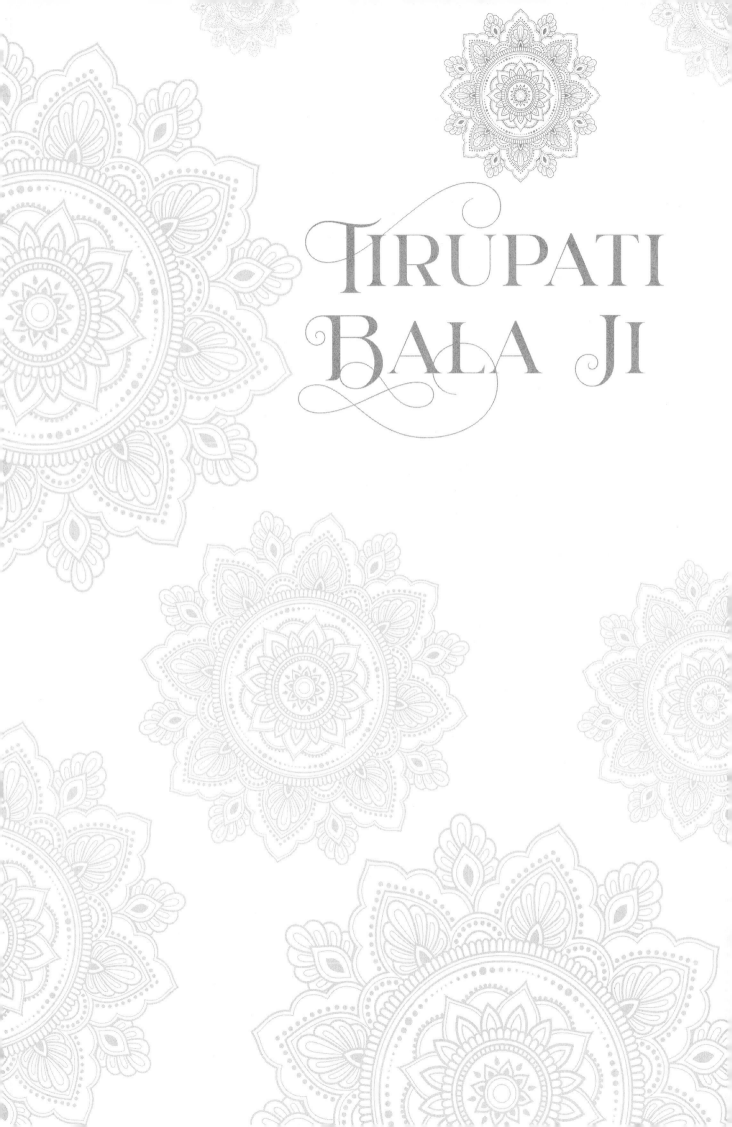

TIRUPATI BALA JI

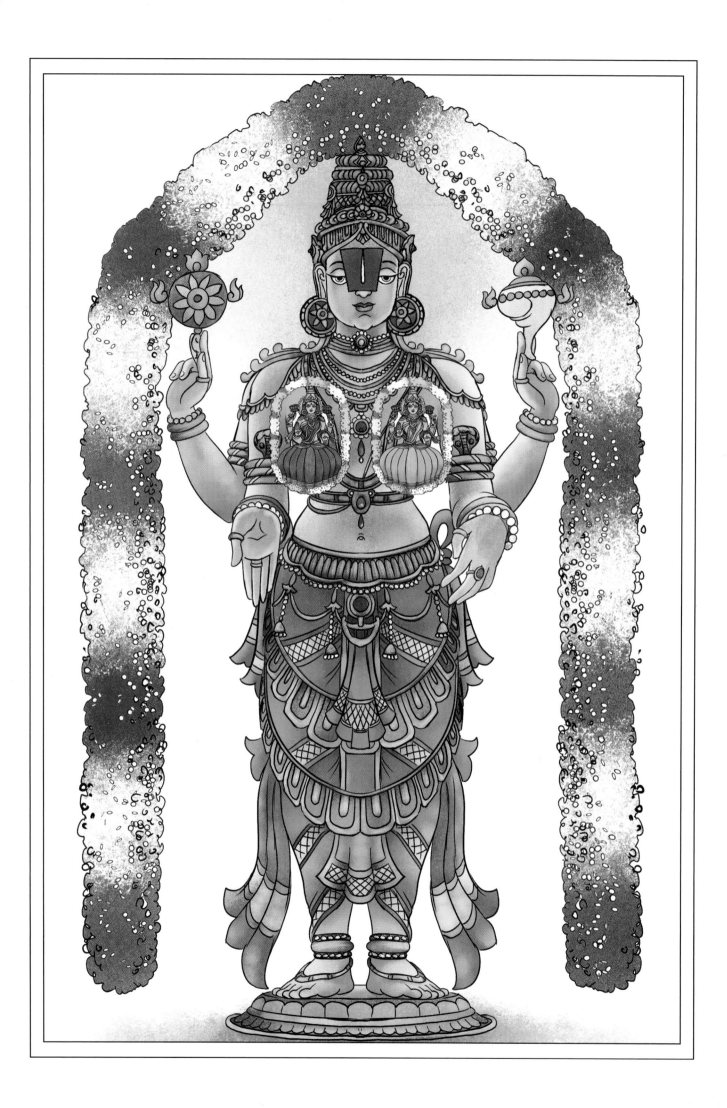

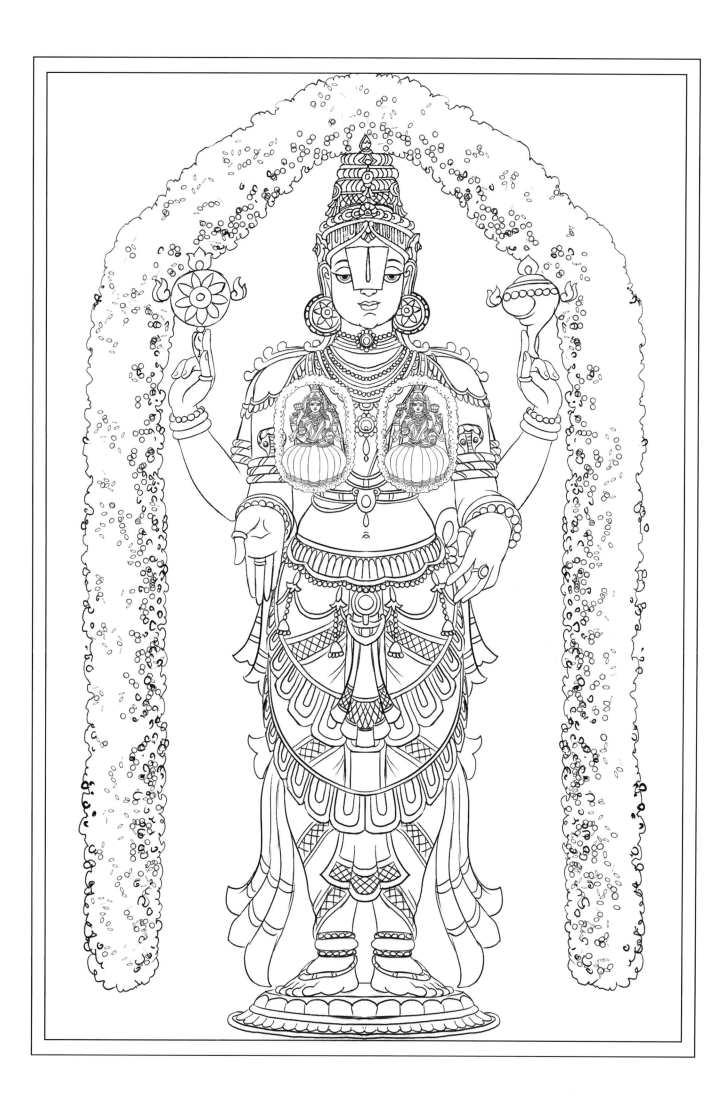

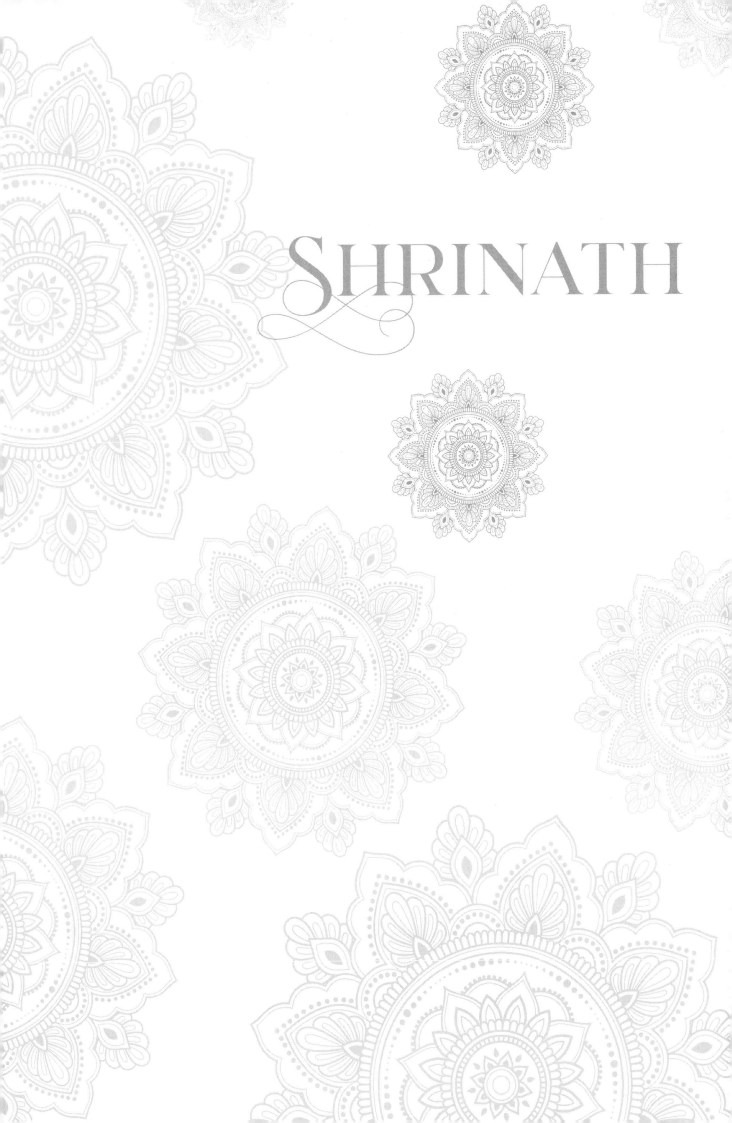

SHRINATH

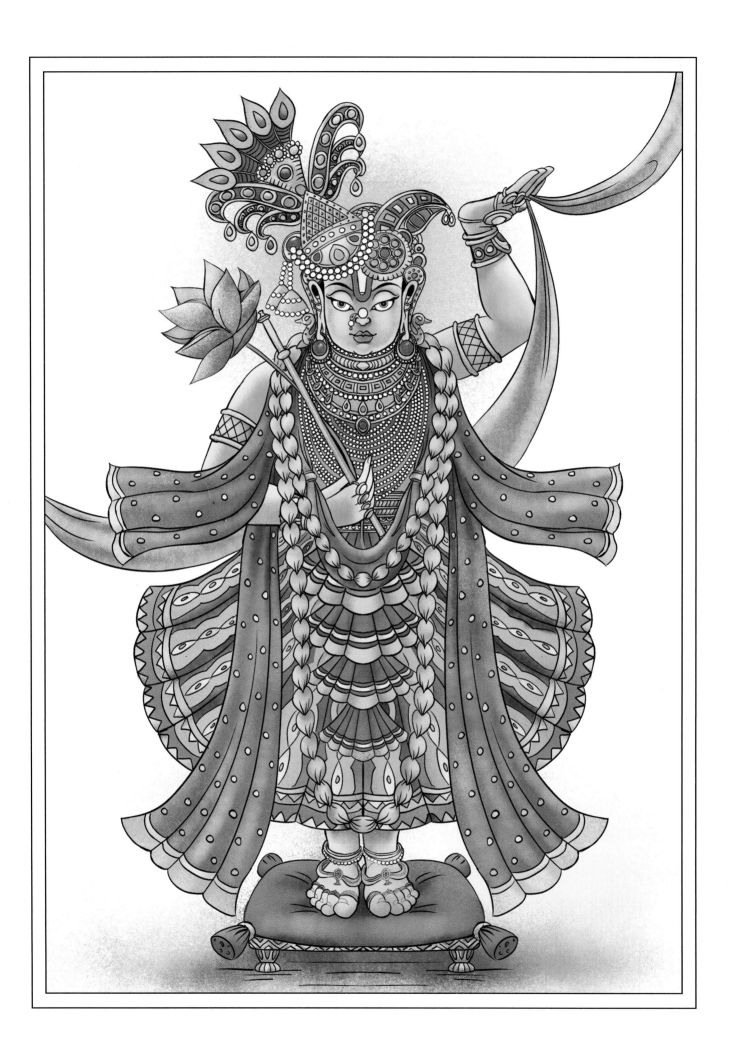

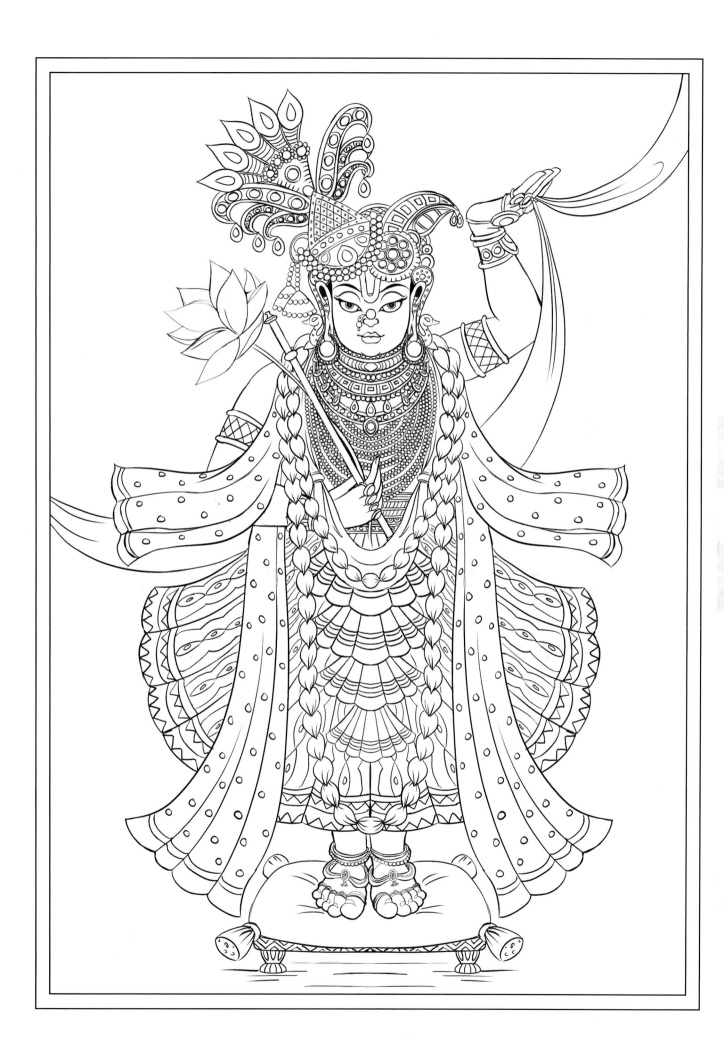

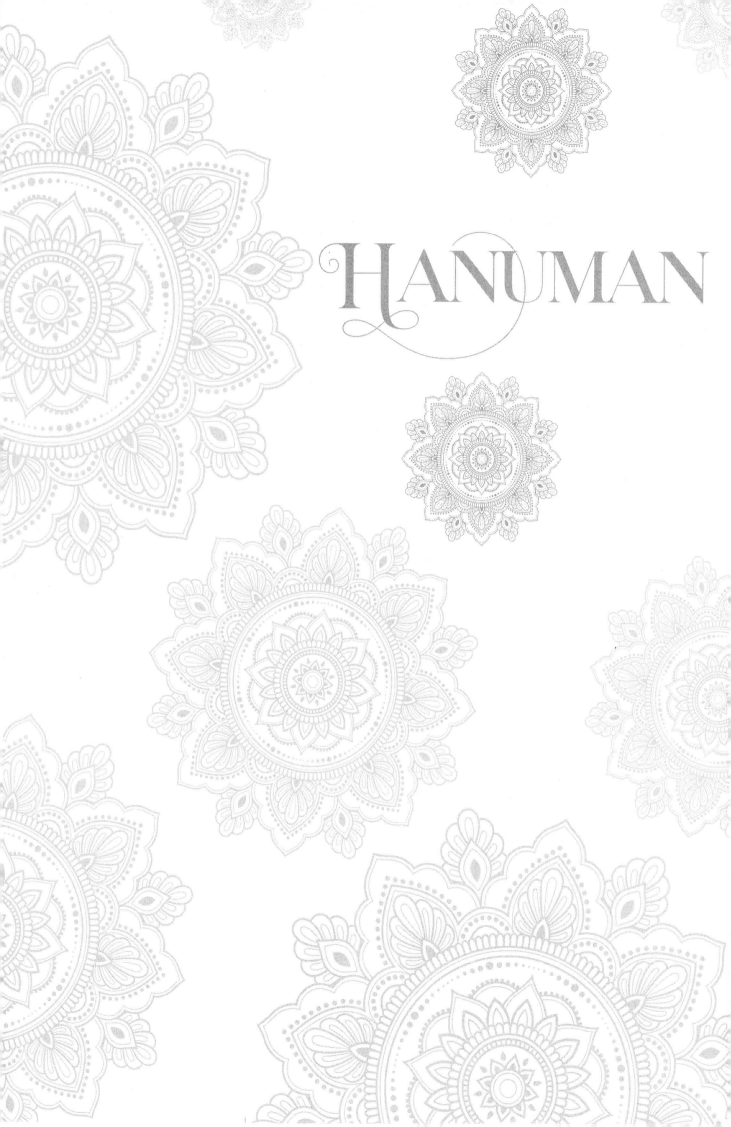

HANUMAN

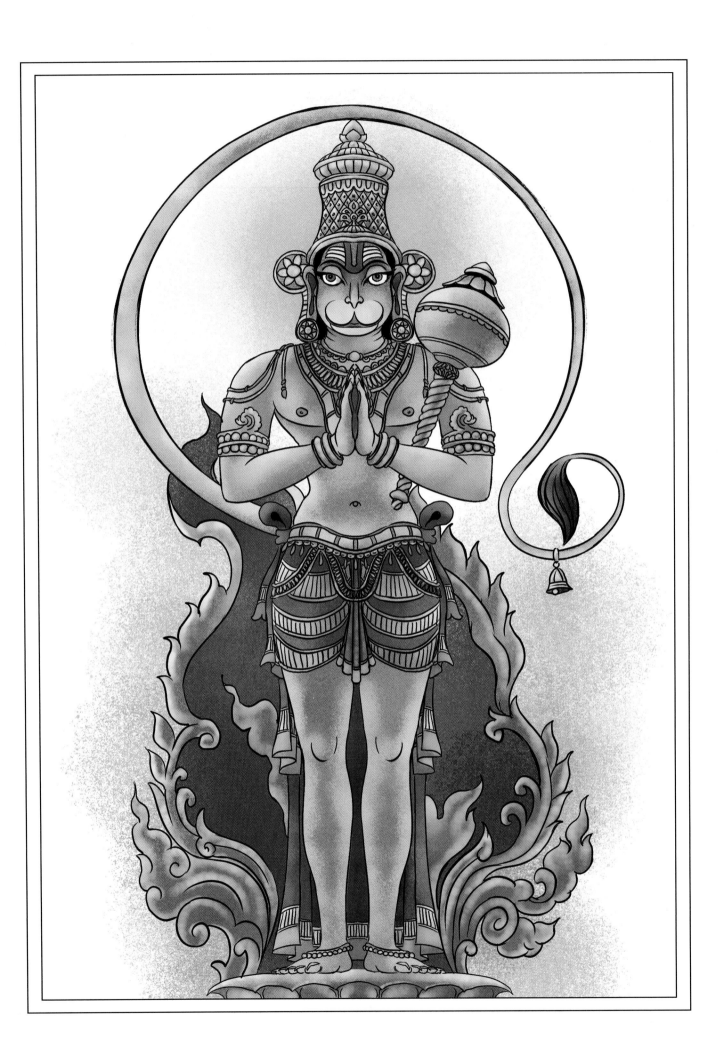

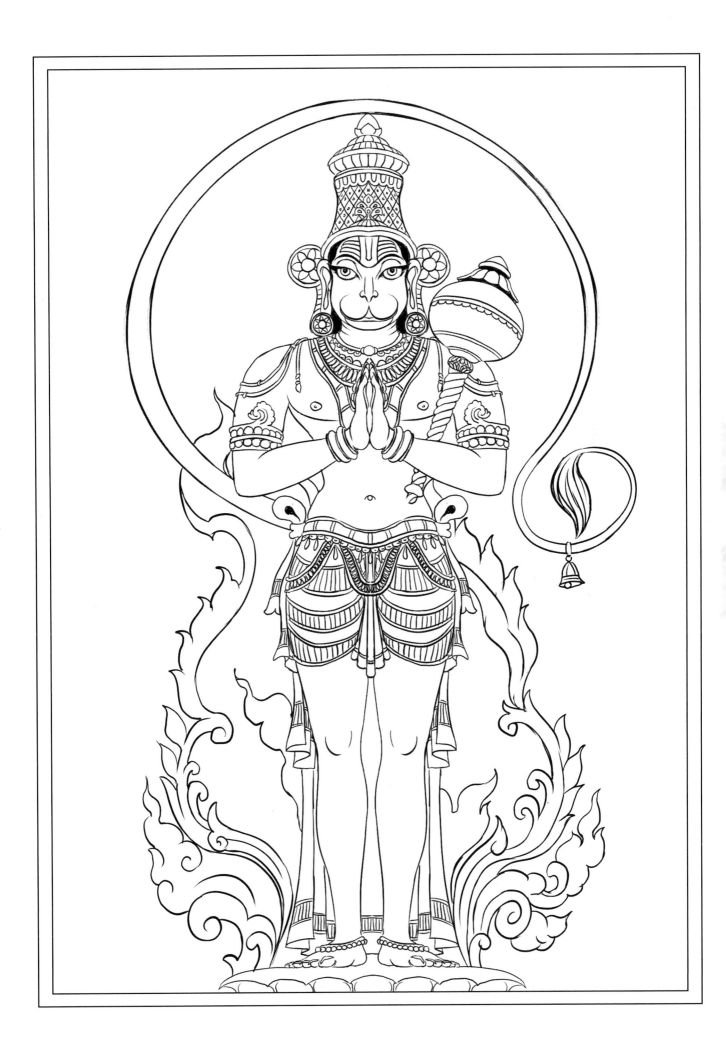

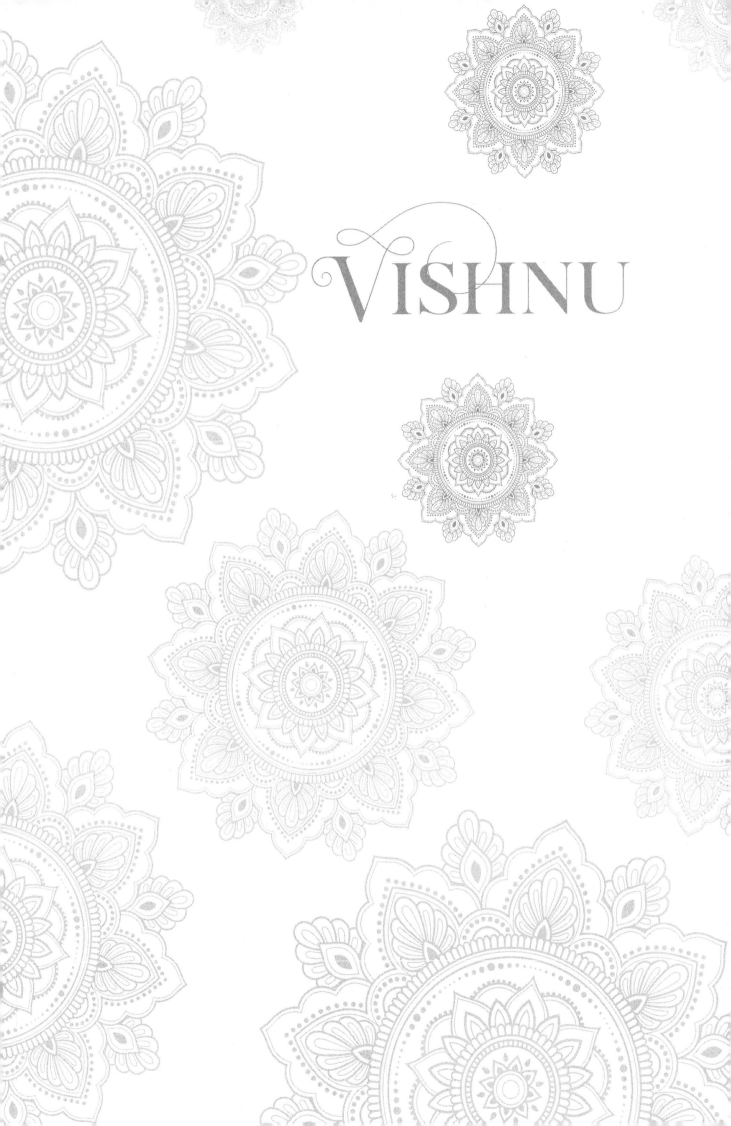

VISHNU

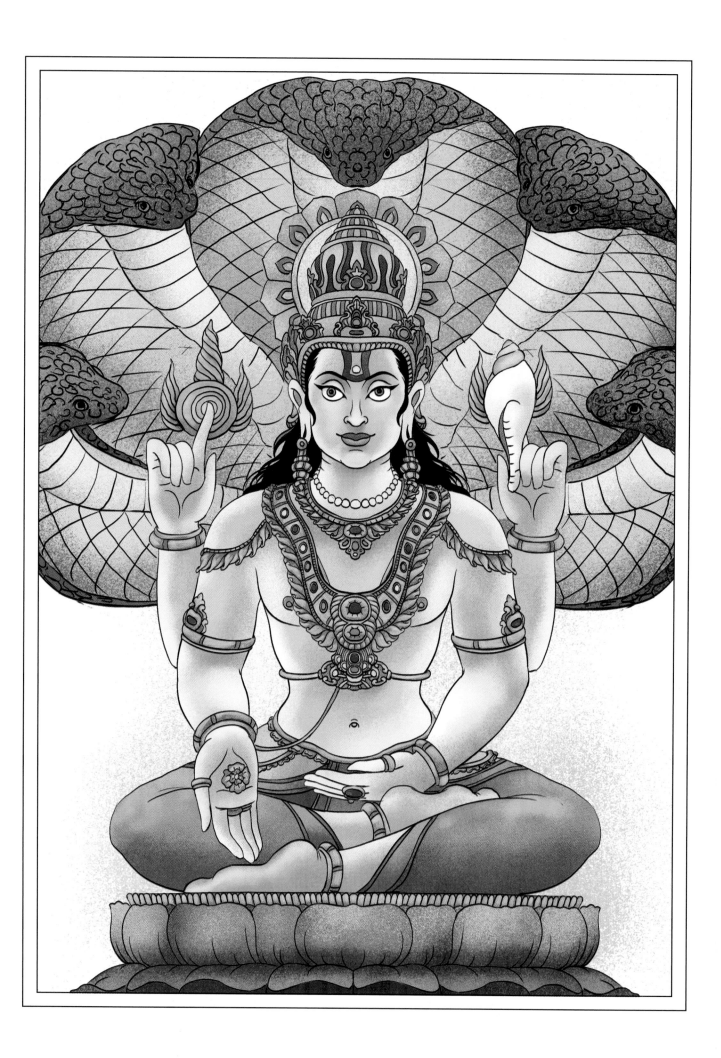

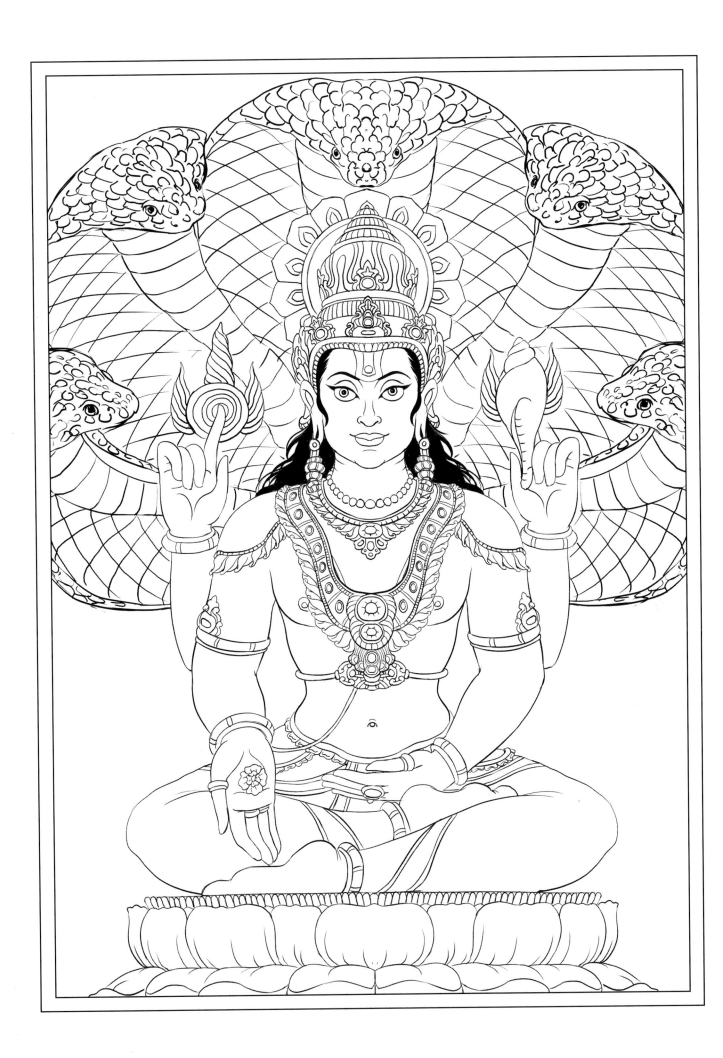

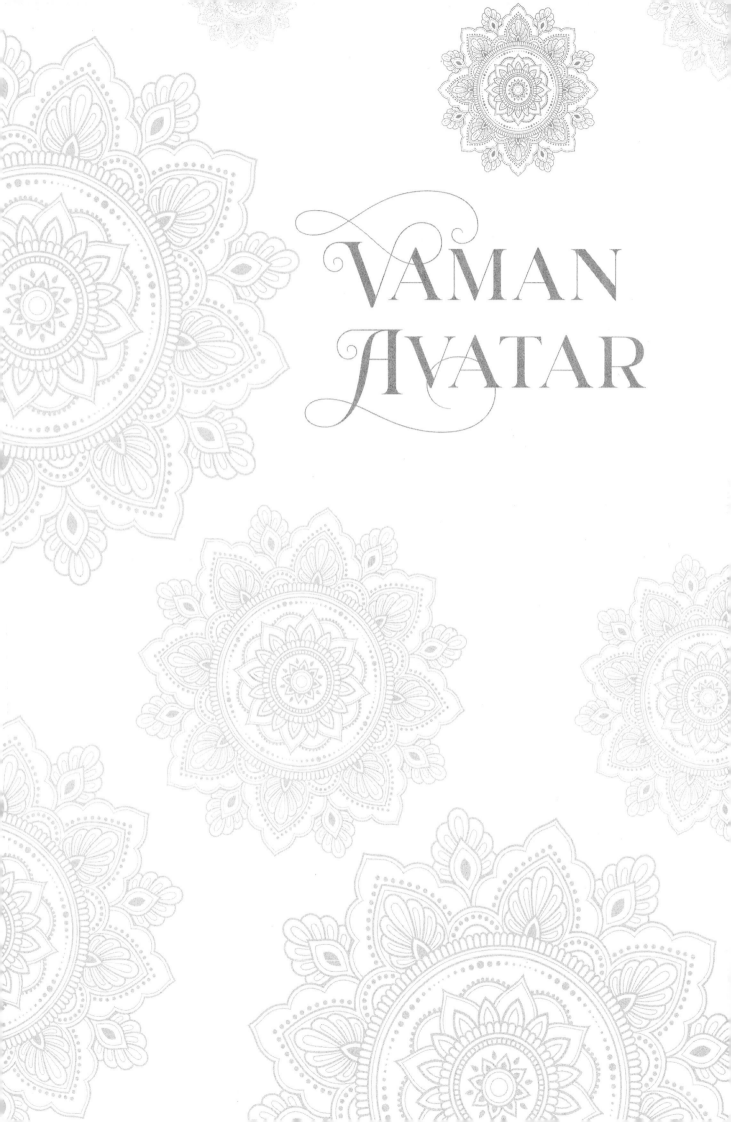

VAMAN AVATAR

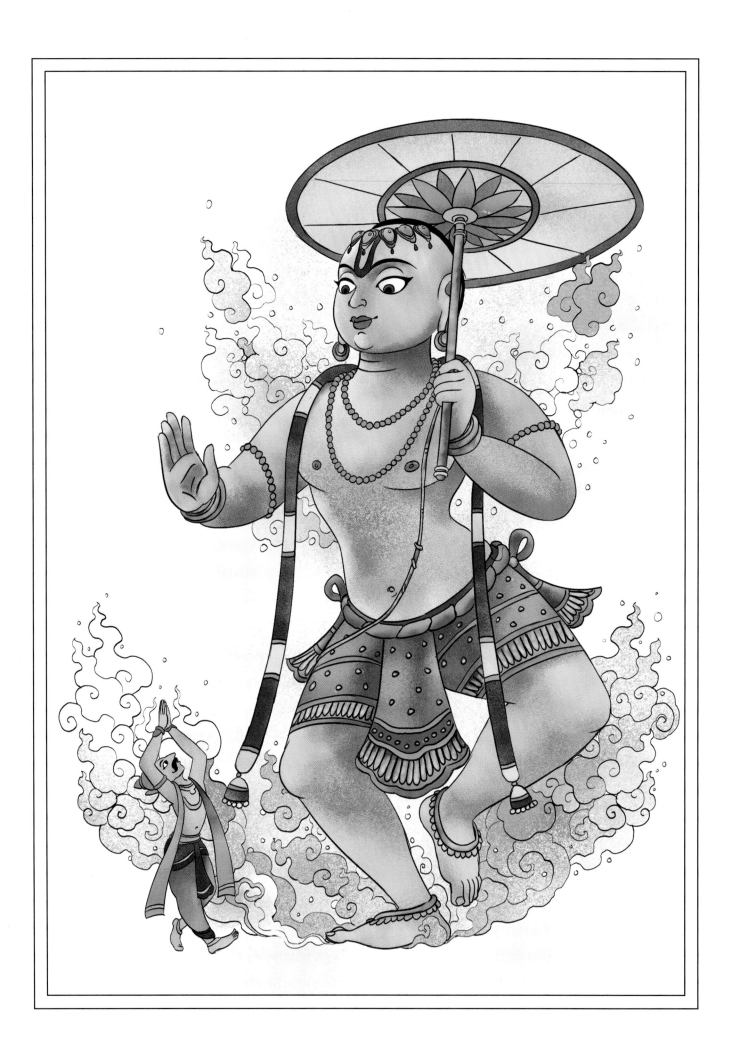

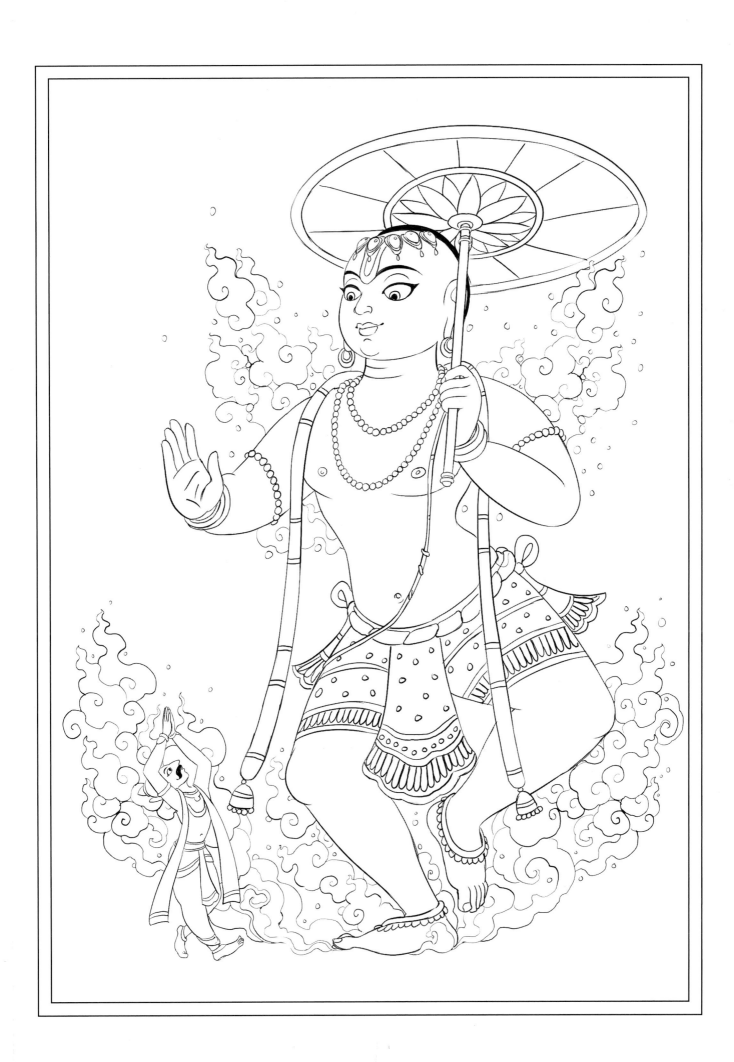

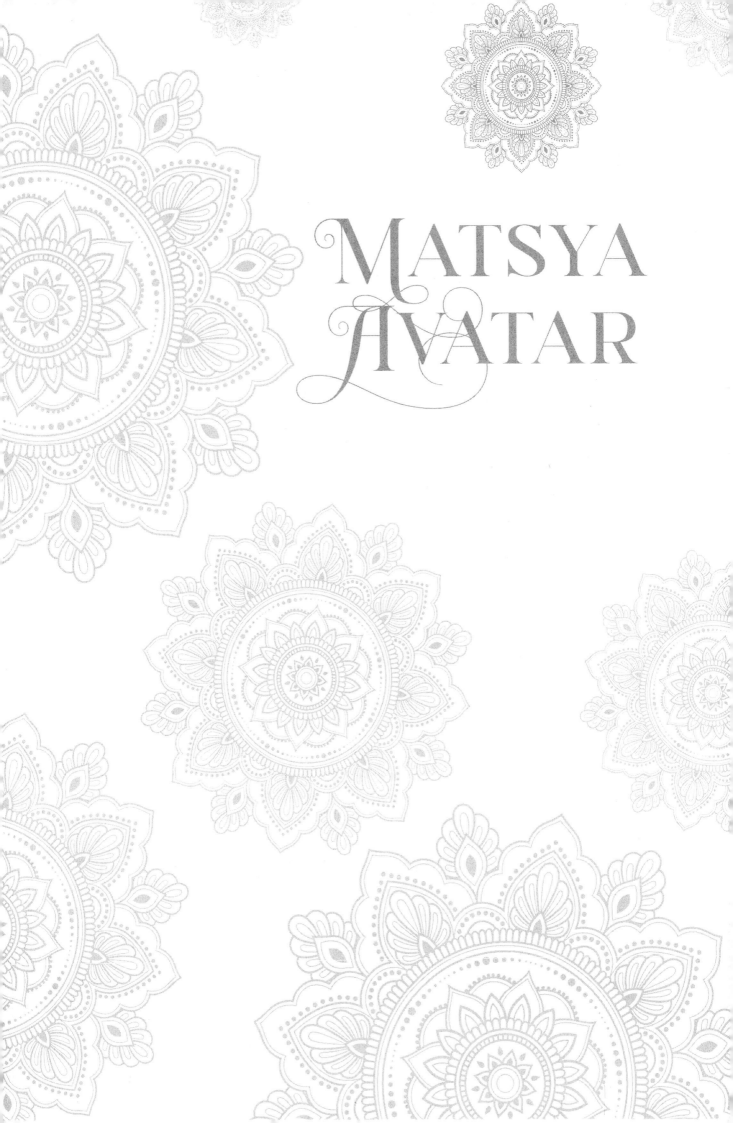

MATSYA AVATAR

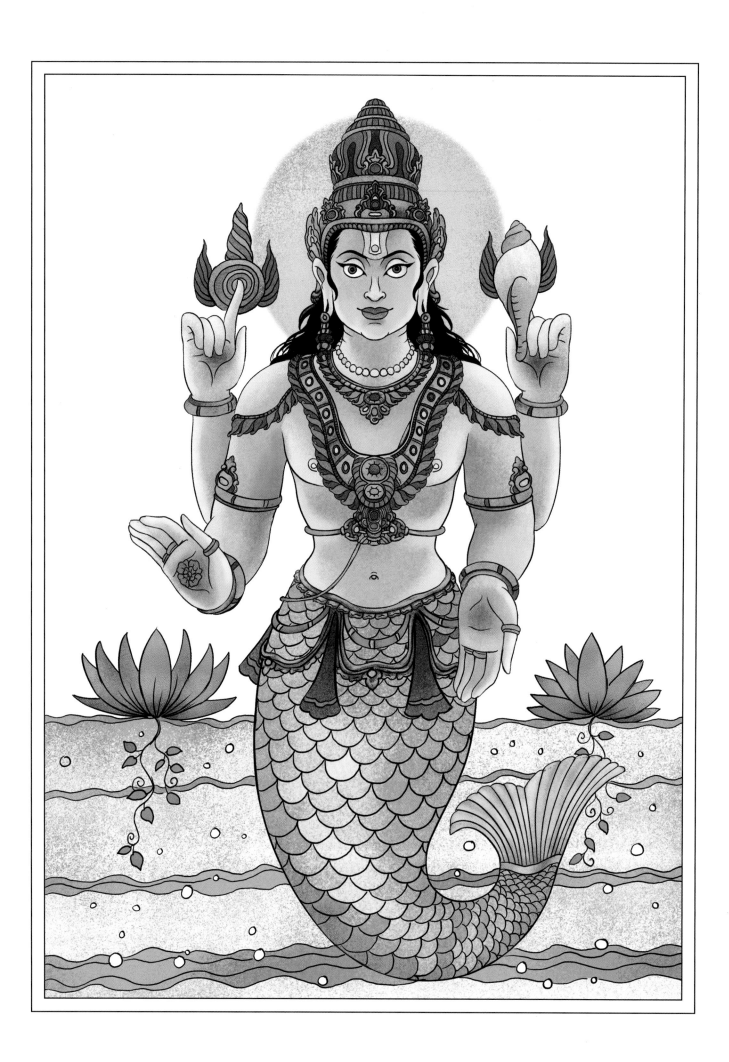

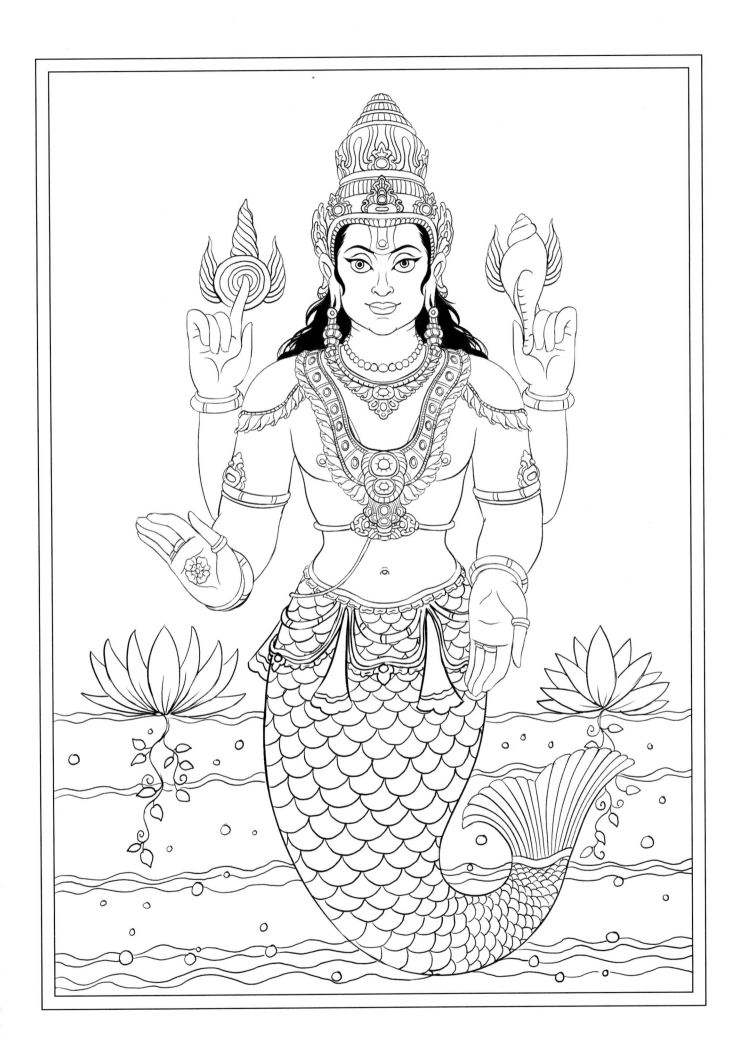